Les Revenants

JEAN MOLLA

Les Revenants

LE SORT D'ÉTERNITÉ

RAGEOT

Couverture de Vincent Dutrait

ISBN 978-2-7002-3268-4

Pour Souâd Tougraï,
avec toute mon amitié.

PROLOGUE

Comberoumale, février…

Une lumière jaune tombe des réverbères. Elle éclaire chichement la rue des Bas-Fossés. Au bout, une grande bâtisse se découpe sur le ciel couleur de suie. Pas une lumière ne filtre au travers de ses volets fermés.

Derrière, le grand jardin se perd dans les ombres, sous l'œil rond de la lune. Le gazon n'a pas été tondu depuis l'automne. Des vagues molles l'agitent à chaque souffle de vent. Plus loin, un bosquet de bouleaux distille son chuchotis de ruisseau.

Le chat dresse sa tête triangulaire au-dessus des herbes. À sa gueule, une souris morte. Il aurait pu la dévorer à côté du bassin, là où il l'a tuée. Mais quelque chose le pousse à s'approcher de la maison qu'il longe en silence. Dans un angle de la façade nord, dissimulée par une avancée de pierre, une ouverture circulaire de faible diamètre l'attire comme un aimant.

Un bond fluide, une torsion du corps. Le chat s'y engouffre. À l'intérieur, le conduit s'évase un peu. L'air est frais, sec, légèrement parfumé.

L'animal tend le museau, renifle et ferme les yeux de plaisir. Ensuite, il entame sa descente. Il connaît le chemin. Il l'a emprunté si souvent. Et l'odeur, la délicieuse odeur l'invite à poursuivre. Quand le boyau se ramifie, il n'hésite pas et s'enfonce, toujours plus profond, jusqu'à ce qu'il atteigne une salle souterraine.

L'obscurité est totale, le chat trottine vers le centre de la pièce et dépose sa victime sur la dalle froide, aussi rugueuse qu'une pierre ponce.

Pourquoi vient-il ici chaque nuit dévorer les rongeurs qu'il attrape ? Il ne le sait pas. Il vient. Comme sont venus d'innombrables chats avant lui, depuis une éternité, sans que quiconque le leur ait appris. Sans que les occupants de la vieille demeure – quand ils étaient de ce monde – l'aient jamais su.

L'odeur épicée, métallique, qui flotte dans la pièce l'enivre et avive son appétit. Ses canines déchiquettent le cadavre. Les os craquent sous ses mâchoires, les sucs giclent. Quelques gouttes de sang tombent sur la dalle qu'il ne prend pas la peine de laper. En aurait-il le temps ? À peine ont-elles touché sa surface qu'elles disparaissent, comme bues par la pierre.

La dernière bouchée avalée, le chat se lèche les babines. Repu, il repart par où il est arrivé. Dans une heure, dans deux, demain au plus tard, la même scène se répétera.

Il reviendra.

Lui ou un autre.

Des chats, il y en a tant dans le quartier.

QUERELLE AUTOUR D'UN MANUSCRIT

Paris, février…

– « L'aube avait barbouillé les collines de sang et une insupportable odeur de charogne emplissait le défilé. Dorian Stoneheart abandonna sa monture à l'entrée du couloir rocheux. Son adversaire possédait une ouïe fine et un hennissement intempestif aurait signé son arrêt de mort. Dorian flatta l'encolure de son cheval, saisit son arc, son carquois et se mit en marche.

Après deux heures d'une progression sans heurts, il arriva en vue de son objectif.

D'innombrables essaims de mouches tourbillonnaient dans l'air empesté. La grotte s'ouvrait, telle une plaie noirâtre, au flanc de la colline. Dorian s'immobilisa. L'épée qui battait sa hanche à chacun de ses pas le rassura. Il encocha une flèche et s'approcha. D'énormes gouttes de sueur ruisselaient sur sa face burinée. Bientôt, il serait face à Heb Bazaltu, le dragon qui terrorisait depuis des lustres le pays de Kosh.

Avec un peu de chance, la ruse qu'il avait ourdie fonctionnerait et il sortirait vainqueur de ce combat. Alors le roi-démon Zaale ne s'opposerait plus à son union avec la belle Oliviane.

Rassemblant son courage, le chevalier rejoignit d'un bond l'antre du monstre.

Un souffle de forge montait de l'orifice ténébreux et soudain, deux pupilles de braise luèrent dans le noir… »

– Là, t'as bogué grave ! gloussa Nicolas.

– Quoi, j'ai bogué ?

– Ben ouais. On ne dit pas *luèrent* mais luisirent !

Les lèvres de Quentin se pincèrent en une moue agacée.

– C'est toujours pareil avec toi, tu ne t'arrêtes qu'aux détails ! Et la ruse que Dorian a inventée pour tuer Heb Bazaltu, tu n'as pas envie de la connaître ?

– Si… N'empêche qu'on ne dit pas *luèrent* ! répéta Nicolas, ravi de taquiner son frère. Si tu veux être publié un jour, commence par apprendre tes conjugaisons ! Et encore, estime-toi heureux : ta phrase, on la comprend. Moi, si je commets la moindre erreur de syntaxe quand je programme, ça plante aussi sec !

– Je continue à lire ou pas ? s'impatienta Quentin.

Nicolas secoua la tête et quitta la position allongée pour s'asseoir sur le rebord de son lit. Son regard s'attarda sur son ordinateur avant de se poser sur le bureau encombré de matériel électronique.

– Là, je sature, frérot, et j'ai ma nouvelle carte graphique à installer. Je préfère que tu me laisses ton chef-d'œuvre. Je le lirai ce soir, tranquille, mon stylo rouge à la main. De toute façon, je ne pourrai pas faire tes croquis avant ce week-end !

Il tendit la main et Quentin lui remit son manuscrit en s'efforçant de ne pas manifester de manière trop ostensible sa contrariété. Nicolas comprit sa maladresse. Son cadet avait mis beaucoup d'énergie dans ce roman et il était en train de le décourager. Comme Quentin allait franchir le seuil de la porte, il tenta de se rattraper :

– En tout cas, lança-t-il, j'aime bien le début, il a la pêche, et les personnages sont sympas. Tu vas voir les dessins que je vais te torcher !

– Tu ne dis pas ça pour me faire plaisir ? s'inquiéta Quentin.

– Promis juré ! N'oublie pas qu'on est la dream team ! Dans cinq ans maximum, on inondera le marché mondial avec nos jeux géniaux ! Et pas des Shoot them all[1]. Des jeux avec des super scénars que tu nous concocteras dans ta petite tête tandis que, de mon côté, je bosserai sur des images et des animations aux petits oignons !

Aux petits oignons... Le visage de Quentin s'éclaira. Nicolas adorait emprunter des expressions vieillottes à leur père. Et il avait l'air sincère ! Sous la grande mèche châtain, ses yeux étincelaient avec une assurance communicative.

Nicolas était son aîné d'un an. Le génie incontesté de la famille. Doué en tout, même en skateboard qu'il pratiquait en virtuose avec quelques copains du lycée. À seize ans et demi, il était en terminale S et surclassait ses camarades dans la plupart des matières. Dessinateur talentueux, passionné d'informatique, il passait le plus clair de son temps libre à animer le club de son lycée et à élaborer des programmes subtils ou

1. Nom donné aux jeux vidéo dont le principe est de tirer sur tout ce qui bouge.

des images en 3D. Adepte aussi de canulars et de blagues douteuses, il adorait infecter l'ordinateur de son père, de son frère ou de ses copains avec des virus maison, plus fantaisistes les uns que les autres. Et totalement bénins.

Ses exploits ne faisaient cependant pas l'unanimité...

L'année précédente, Nicolas avait contaminé le réseau de son lycée via Internet sans que l'antivirus et le pare-feu qui veillaient sur le système aient détecté une quelconque activité malveillante. Sur tous les écrans de l'établissement, s'affichait une phrase énigmatique : « IL N Y DECLARA LOUIS V » que personne ne parvenait à faire disparaître.

Au bout de quelques jours, un enseignant avait eu l'idée de cliquer trois fois de suite sur ce message farfelu. Les lettres s'étaient recomposées de manière à former un prénom et un nom : NICOLAS DAUREVILLY. Nicolas avait été illico convoqué dans le bureau du proviseur et il avait fallu toute l'influence du professeur d'informatique, impressionné par cette performance, pour que son protégé échappe au conseil de discipline, ce qui ne lui avait pas évité les sévères remontrances du proviseur, un avertissement, et une exclusion de trois jours.

Quentin gagna sa chambre après un discret détour par la cuisine. Quand il était contrarié, il ne pouvait s'empêcher de grignoter. Il ne parvenait pas à se débarrasser de cette manie qui lui valait quelques kilos en trop et une sérieuse résistance à adopter le maillot de bain l'été, attitude que son frère nommait peu charitablement « le complexe du petit gros ».

Appuyant son front sur la surface froide du réfrigérateur, Quentin soupira. Pourquoi se sentait-il sans cesse obligé de consulter Nicolas ? Inutile de se raconter des histoires : par manque de confiance en soi, bien entendu. Et pourquoi n'osait-il pas lui avouer que ses remarques ironiques le blessaient ? Sans doute par crainte d'essuyer de nouveaux sarcasmes, toujours plus caustiques. L'attitude idéale aurait été de s'en moquer mais il avait une telle admiration pour l'intelligence et le talent de son frère qu'il ne pouvait s'empêcher de mendier des appréciations que ce dernier lui accordait ou pas, selon son humeur du moment.

Mélancolique, Quentin avala deux cuillers de Nutella, trois rondelles de saucisson, un bout de fromage, des raisins secs et fila dans sa chambre afin d'expédier ses exercices de français et de maths pour le lendemain. Il garderait pour la soirée la révision des cours d'histoire et d'anglais. Sans avoir les capacités de son frère, il s'était fait au rythme de la seconde et s'en sortait sans trop d'efforts... efforts très insuffisants aux yeux de sa mère.

Machinalement, il regarda l'heure. Elle n'allait plus tarder.

L'ATTENTE

Il pleuvait à verse quand Jeanne Daurevilly sortit du métro. Avant d'ouvrir son parapluie, elle tendit son visage vers le ciel et se réjouit de sentir les gouttes d'eau fraîche picoter sa peau. Elle aimait Paris sous la pluie. L'air glacial, comme lavé des gaz d'échappement, l'asphalte transformé en miroir noir et luisant, le chuintement étouffé des pneus sur la chaussée humide, les passants maussades qui, tête baissée, fuyaient le déluge.

Si Marc n'avait pas été sur l'autoroute à cet instant précis, sa félicité aurait été parfaite. Elle avait hâte qu'il rentre. À chacun de ses déplacements en province, elle ne pouvait s'empêcher d'imaginer le pire.

« C'est stupide, mais on ne se change pas ! » pensa-t-elle.

Son mari avait-il eu le temps de chiner dans les brocantes, le soir, après ses rendez-vous ? De son côté, elle avait repéré, chez un antiquaire du Quartier latin, un pichet en verre soufflé « au grain de riz ». Samedi, elle y entraînerait Marc pour lui montrer cette petite merveille.

Il lui avait transmis son goût des objets anciens et, le week-end, leur passe-temps préféré était de flâner aux puces de Saint-Ouen dans l'espoir d'y dénicher l'affaire du siècle. Chez les amateurs, on adorait ces aventures invraisemblables de quidams achetant pour une bouchée de pain des dessins de Rubens, des eaux-fortes de Goya ou des aquarelles de Manet. Marc en était friand et ne pouvait s'empêcher d'imaginer qu'un jour, ce serait lui qui ferait une telle trouvaille.

Jeanne sourit. Le rêveur qui sommeillait en Marc l'avait attendrie dès leur première rencontre. Il l'émouvait toujours autant. Elle s'arrêta à l'épicerie du coin et, le cœur léger, fit quelques courses pour le dîner.

Ses exercices achevés, Quentin se sentit désœuvré. Il retourna se servir un verre de Coca à la cuisine et se beurra une tartine qu'il dévora, adossé à la fenêtre.

Quentin travaillait depuis près de trois mois à l'histoire de Dorian Stoneheart et savait qu'un commentaire négatif de Nicolas couperait net son inspiration. Voilà cinq ans qu'il noircissait les pages de ses cahiers de récits abracadabrants peuplés de chevaliers, de sorciers, de démons et de dragons. Sa bibliothèque regorgeait de romans fantastiques qui horripilaient sa mère. Elle prétendait que ces lectures étaient superficielles et peu compatibles avec les programmes scolaires. Mais comme les résultats de Quentin étaient honorables, et ses notes en français excellentes, elle tolérait ce qu'elle considérait comme une passade.

– Les lectures sérieuses viendront avec l'âge ! assurait-elle.

Pour Jeanne Daurevilly, son fils de quinze ans était un grand petit garçon qui préférait se réfugier dans des univers imaginaires plutôt que de s'intéresser au monde tel qu'il est. Tôt ou tard, il mûrirait et oublierait ces fariboles. Quentin acceptait les reproches maternels sans chercher à les contester, d'autant que Jeanne finissait toujours par admettre qu'au moins il lisait, et que ses qualités d'expression étaient indéniables.

Se retournant, Quentin essuya la buée qui recouvrait la vitre et jeta un coup d'œil dans la rue. Il pleuvait de plus en plus fort. Le temps parfait pour lui saper le moral. Bon, encore un verre de Coca et il se remettrait à son manuscrit. On allait voir ce qu'on allait voir !

Le bruit familier de la porte d'entrée qui s'ouvrait le tira de sa rêverie. Sa mère fit irruption dans la cuisine, trempée, les bras chargés de courses. Elle posa ses sacs, un sourire radieux aux lèvres, et l'embrassa.

– Coucou, mon grand ! Ton père est rentré ?

Quentin secoua la tête. Une expression d'inquiétude traversa le regard de sa mère.

– À tous les coups, il y a des bouchons au péage, dit-il pour la rassurer. Tu le connais... Il va débarquer juste à l'heure du repas, glisser les pieds sous la table et râler parce que c'est froid. On parie ?

Mme Daurevilly éclata de rire et se débarrassa de son manteau.

– J'admets qu'on n'est pas loin de la réalité !

– Tu veux que je t'aide à préparer le dîner ? poursuivit Quentin.

– Avec plaisir ! Tu as fini ton travail ?

L'adolescent grommela un oui inaudible.

– Parfait ! Je vais embrasser ton frère et on s'y met. Qu'est-ce que tu dirais d'une raclette, ce soir ? J'ai craqué en passant chez l'épicier.

– Génial ! s'enthousiasma Quentin.

Sa mère lui montra les paquets.

– Au choix, tu laves la salade ou tu coupes le fromage.

– Je m'occupe du fromage !

Quentin attrapa la planche à découper, un couteau tranchant et s'activa en sifflotant. À chaque raclette, c'était la fête à la maison et l'occasion de se rappeler d'homériques souvenirs des vacances à la montagne, toujours plus exagérés à chaque narration. Une demi-heure plus tard, Jeanne et lui contemplaient, satisfaits, l'impressionnant amoncellement de fromage et de charcuterie qu'ils avaient réparti tant bien que mal entre plusieurs assiettes. Mme Daurevilly consulta l'horloge murale.

– Bon, je vais appeler ton père. J'ai besoin de savoir s'il en a pour longtemps.

Elle se rendit au salon et décrocha le téléphone. Quentin la suivit, s'installa dans un fauteuil et consulta le programme télé tandis que sa mère composait le numéro.

Après quatre sonneries, Jeanne entendit avec soulagement la voix de son mari.

– Allô, Marc, c'est moi. Ça se passe bien ?

Elle percevait en bruit de fond le ronronnement du moteur tournant à plein régime. Compte tenu de la vitesse à laquelle son mari roulait, il devait encore être sur l'autoroute.

– Oui, répondit-il. J'ai été bloqué un bon moment à la sortie d'Orléans mais maintenant, ça circule mieux malgré la pluie. Je ne devrais pas tarder. Dans une heure au plus. À la limite, commencez à dîner sans moi.

– Non, on t'attendra. Ton rendez-vous s'est passé comme tu voulais ?

– Aux petits oignons. J'ai pu... Mon Dieu ! Qu'est-ce que...

Horrifiée, Mme Daurevilly entendit le hurlement strident des pneus martyrisant l'asphalte, un bruit de collision et puis plus rien. Le silence. Le silence absolu avant l'insupportable tonalité.

Elle coupa et appuya sur la touche bis. Huit sonneries puis la boîte vocale égrena le message enregistré : « Ici Marc Daurevilly. Je suis absent pour l'instant. Veuillez laisser votre message, je vous rappellerai dès que possible. »

Le bruit du téléphone rebondissant sur la moquette surprit Quentin. Il leva les yeux de son magazine et vit sa mère exsangue. Elle poussa un gémissement rauque et prit son visage entre ses mains. Avant qu'il ait le temps de se précipiter, elle s'effondra sur le sol et se recroquevilla. Alors seulement, elle fondit en larmes.

L'ADVERSAIRE

Comberoumale, 8 février 1457

Le cortège avait quitté les prisons de la prévôté aux premières lueurs de l'aube.

Six gardes encadraient un homme de haute taille, mal rasé, aux cheveux blonds et épais. Il avançait à pas lents, très droit, insensible à la température glaciale comme aux regards des curieux. Sa peau marbrée de coups, ses lèvres tuméfiées, ses vêtements en loques, témoignaient des violences qu'il avait subies mais ses yeux bruns n'exprimaient ni crainte ni colère. Au contraire, une souveraine indifférence semblait l'habiter.

Guillaume Brossard, l'officier qui marchait en tête de la petite colonne, rajusta son manteau en frissonnant. Il regrettait de ne pouvoir forcer davantage l'allure, histoire de se réchauffer. Les chevilles du condamné étaient entravées par des cordes et sa marche hésitante les retardait. Brossard pesta à voix basse. Si ça n'avait tenu qu'à lui, il te les aurait coupées vite fait bien fait ! Mais bon, les ordres étaient les ordres. Pas question d'y déroger.

L'officier se raccrocha à un maigre motif de satisfaction : il avait fait froid durant la nuit et la boue gelée des rues ne crotterait pas les bottes neuves dont il était si fier. Ce qui ne l'empêchait pas d'invectiver les badauds et de leur enjoindre de s'écarter. Un nuage de buée ponctuait chacun de ses ordres et nimbait son visage d'un halo laiteux.

En dépit de l'heure matinale et du froid, les habitants de Comberoumale se pressaient dans les rues, parlant haut, riant fort, commentant avec enjouement le passage de l'escorte. L'exécution aurait lieu place des Échevins et c'était d'ordinaire un spectacle fort couru.

Toute la ville était rassemblée là, riches et pauvres mêlés. Misérables en haillons, coiffés de chaperons crasseux, chiffons aux pieds en guise de chaussures ; bourgeois au teint blanc, chapeautés de feutre, vêtus de leurs plus beaux habits de drap sous leurs chaudes pelisses ; femmes portant mantels d'épais lainage, cornettes joliment roulées autour du cou, faisant assaut d'élégance, bien que la situation ne s'y prêtât guère.

La stupeur avait saisi la ville quand on avait appris le nom du condamné. Jacques Guernière, le riche marchand drapier, était fort connu dans la contrée. Et ce matin, nombreux étaient ceux qui comptaient assister à ses derniers moments et qui, pour l'heure, le couvaient des yeux, prenant un plaisir malsain à le voir humilié.

« Peuple de girouettes ! » songea le prisonnier avec amertume. En quelques heures, on s'était mis à le haïr avec autant d'ardeur qu'on l'avait respecté, ici, dans la ville où il vivait depuis tant d'années. Mais le plus insupportable était qu'on le rendait responsable de la mort de son cher Pierre et qu'il ne démentirait pas cette accusation.

Un caillou aux arêtes aiguës le frappa au front, y imprimant une étoile sanglante. Jacques vacilla tant la douleur fut vive. La pierre avait été jetée pour blesser et il s'étonna qu'on osât se comporter avec autant de cruauté envers un homme sans défense. Il s'immobilisa et chercha des yeux son agresseur. Comment savoir qui, parmi cette foule, avait lancé le projectile ? Les faces qu'il apercevait à travers le voile qui brouillait ses yeux étaient hideuses, déformées par la haine, la bêtise, l'ignorance.

La main de Brossard se plaqua entre ses omoplates et le poussa avec fermeté. Jacques reprit sa progression. Sa haute stature lui permit de distinguer, au bout de la rue, la place, et juste en son milieu, le bûcher. Une expression amusée anima ses lèvres. S'il l'avait voulu, il aurait dissipé ses liens d'un mot et se serait évanoui dans les airs.

Quel plaisir il aurait éprouvé à frapper de terreur les gueux qui s'agglutinaient autour de lui telles des mouches autour d'une charogne ! Ils en auraient eu pour leur argent ! Jacques se contenta de courber la tête, de serrer les mâchoires et continua d'avancer.

Le feu était la seule solution ! Il l'avait su à la seconde où il avait pris sa décision.

Abou, Eliphas et Gweltaz le savaient également : il ne devait rien rester de son corps. Rien.

Une seconde pierre heurta sa tête, lui arrachant un cri.

– Bande de lâches, comment vous permettez-vous ?

Sa voix avait tonné, inhumaine, comme amplifiée par cent gosiers. L'onde sonore frappa ses voisins immédiats. Ils se plièrent de douleur, bouchèrent leurs oreilles et le sang déserta leurs joues. Jacques se redressa, les yeux étincelants de rage. Il semblait immense. Et dangereux, en dépit de ses mains liées et de ses chevilles entravées. Brossard, impressionné par cet éclat, ne savait sur quel pied danser. Il saisit la poignée de son épée et retint son souffle.

Mieux valait attendre et voir.

La rue s'emplit d'un silence épais, insoutenable. Les bouches étaient closes, les visages suaient l'inquiétude. Certains voulurent s'éloigner mais ils en furent empêchés par la foule qui se pressait derrière eux. Le prisonnier laissa courir son regard sur les hommes et les femmes les plus proches.

Plus un cri, plus une menace sur les lèvres. La populace était domptée. Les hommes du prévôt auraient volontiers abandonné la partie si Brossard, d'un froncement des sourcils, ne leur avait intimé l'ordre de rester sur place. Décontenancés, ils demeurèrent à distance respectueuse de cet homme étrange qui, la veille, avait accepté sa sentence de mort sans manifester la moindre émotion.

Jacques Guernière avait été convaincu de pratiques démoniaques et de sorcellerie.

Outre l'accusation d'assassinat sur la personne de son domestique Pierre, on avait condamné le drapier au bûcher pour la noirceur de ses crimes, sans qu'on sût à vrai dire quels forfaits on lui imputait. Sans doute étaient-ils si horribles qu'on avait choisi de ne pas les révéler aux bonnes gens. Le châtiment seul importait, avait-on conclu dans la ville, même s'il se murmurait que les magistrats avaient prononcé leur décision en hâte, au mépris des règles ordinaires de justice, comme si les mots étaient venus sur leurs lèvres sans qu'ils les contrôlent tout à fait.

Jacques ouvrit la bouche, hésita puis la referma. À quoi bon ? pensa-t-il. Leur expliquer qu'il avait choisi de mourir ne servirait à rien. Ils le traiteraient de fou... Pouvaient-ils comprendre que sa mort les sauverait tous ? Non. Ils ne savaient pas le millième de ce qu'il avait mis si longtemps à apprendre. Les connaissances qu'il avait si patiemment accumulées ne lui servaient désormais qu'à cela : accepter son destin et endurer son supplice.

Sans faiblir.

À cet instant précis, il sentit qu'*il* bougeait au fond de lui. Celui-qui-veille essayait de profiter de son trouble, de sa souffrance, de ses doutes, de la haine qui avait failli l'égarer, pour s'échapper et faire de lui sa créature.

Un possédé.

Les lèvres de Jacques se murent contre sa volonté et tentèrent de formuler une incantation. Un individu de sa force était une aubaine inespérée pour l'être qui l'habitait, la porte ouverte sur le pouvoir absolu. Mais Celui-qui-veille n'ignorait pas que si le corps de son hôte disparaissait il serait contraint de regagner sa prison de pierre.

Jacques haleta, presque vaincu. Dans un colossal effort, il ferma les yeux et parvint à prononcer d'autres paroles que celles que Celui-qui-veille tentait de lui imposer. Elles claquèrent dans l'air glacé comme autant de coups de fouet. Aussitôt, le corps du condamné se détendit et sa respiration redevint régulière.

Si quelqu'un avait encore nourri le moindre doute concernant la culpabilité de Jacques Guernière, c'en était fini. Sorcier il était ! Sans conteste. L'effroi creusa les visages. On murmura mais on ne bougea point, par crainte d'attiser son courroux. Qui savait ce que le prisonnier avait proféré ? Une menace ? Un appel à des forces démoniaques capables de le libérer sur l'heure ? Une malédiction collective ?

Les traits de Brossard exprimaient une inquiétude qu'il n'essayait plus de dissimuler. Embarrassé, il n'osait ordonner à Guernière d'avancer, au risque de perdre tout crédit auprès de ses hommes si le drapier refusait. Pourtant, le sire de Montgorge, l'évêque, les juges, les notables, étaient déjà sur l'estrade édifiée face au bûcher. Ils attendaient et chaque minute de retard lui serait imputée.

À son grand soulagement, Jacques se remit en marche. Il grimaçait et la commissure de ses lèvres était souillée d'une écume blanchâtre. En d'autres temps, Brossard aurait pensé que l'infortuné qu'il conduisait à la mort avait peur. Il en avait tant vu, hommes ou femmes, qui se laissaient aller à l'épouvante quand leurs derniers moments approchaient.

Confusément, Brossard pressentait que, pour celui-là, il n'en était rien. Il y avait autre chose que le drapier gardait pour lui.

Comment aurait-il pu savoir que Jacques Guernière luttait contre un adversaire connu de lui seul ? Un adversaire infiniment plus redoutable que la peur…

LA RUE DES BAS-FOSSÉS

Comberoumale, juillet...

Installé sur le siège passager, Quentin essuya la sueur qui poissait son front. La chaleur était caniculaire et la climatisation peinait à maintenir une température supportable dans la voiture. Il but une gorgée d'eau tiède et tendit la bouteille à sa mère qui refusa d'un mouvement de la tête.

Jeanne affichait une apparente bonne humeur, mais Quentin la sentait tendue. Peu familiarisée avec la lecture des cartes, sa mère s'était perdue, dès la sortie de Périgueux, sur les routes qui serpentaient entre les vignobles. Il avait bien tenté de l'aider. Sans résultat. Quant à Nicolas, il paraissait se désintéresser de la situation et restait muet, à l'arrière du véhicule.

– Si on s'arrêtait pour demander notre chemin ? proposa le cadet alors qu'ils traversaient la place d'un village.

Il montrait une minuscule épicerie sur leur droite.

– Riche idée ! répondit Jeanne en se garant. Je me renseigne et je reviens.

Quand elle franchit le rideau de lanières colorées, elle eut l'impression d'effectuer un saut dans le passé et de retrouver les images et les odeurs de son enfance. La boutique était fraîche et parfumée. Sur le comptoir, au milieu de bocaux remplis de bonbons, une antique balance trônait. Les étagères métalliques regorgeaient de boîtes de conserve et de produits ménagers. À leur pied, Jeanne aperçut des sacs remplis de haricots, de pois cassés et de lentilles. La commerçante, une vieille femme aussi sèche et tordue qu'un sarment de vigne, l'accueillit aimablement et, penchée sur sa carte, lui montra comment débrouiller le fouillis inextricable des départementales.

– Mission accomplie ! s'exclama Jeanne en fourrant entre les mains de Quentin un sachet brun rempli de bonbons à la réglisse. En fait, Comberoumale est à deux pas d'ici.

Dix minutes plus tard, ils arrivaient en vue de leur destination. La ville fortifiée avait été construite sur un éperon et, de la vallée, le spectacle était saisissant. On l'aurait crue droit sortie d'une gravure médiévale, avec sa ceinture de murailles que le temps avait érodées, noircies, son cortège de tours crénelées surmontées d'échauguettes.

– On dirait une vieille dent cariée ! constata Nicolas qui daignait enfin sortir de son silence.

Sa remarque souleva l'hilarité de son frère qui avala son bonbon et ajouta :

– Ouais, alors on va vite s'en arracher !

– Quand même, s'exclama leur mère, vous n'avez pas beaucoup de respect pour les fleurons de notre patrimoine ! On vient de la France entière et de l'étranger pour visiter cette citadelle.

– Avoue que c'est paumé, soupira Nicolas. Quelle idée de s'enterrer dans un trou pareil ! On était mieux à Paris...

– On ne s'y enterrera pas, le corrigea Jeanne avec un pincement au cœur, on y habitera pendant l'été. Vincent nous loue sa maison à un prix défiant toute concurrence. Au moins, on dispose d'un pied-à-terre pour chercher quelque chose de bien à Périgueux d'ici la rentrée. Et puis je te signale que notre modeste logis dispose du confort moderne et d'une connexion ADSL. Vous pourrez surfer sans problème... Pas mal pour un bled perdu, non ?

– Pas mal, reconnurent les garçons à contrecœur.

Jeanne fut satisfaite de marquer un point. Après la mort de Marc, elle avait pris seule la décision de quitter Paris et d'habiter en province. Ce déménagement précipité avait l'allure d'une punition pour ses fils. Des deux, c'est Nicolas qui l'avait le plus mal accepté. Accro d'Internet, il imaginait mal de vivre éloigné de son ordinateur portable et d'une prise téléphonique plus de vingt-quatre heures. Elle le guetta du coin de l'œil et s'affligea de son teint terreux et de ses yeux cernés. Vivre au vert lui ferait du bien ! D'ailleurs, ils avaient tous besoin de changer d'air. De changer de vie aussi, même si rien ne pouvait s'oublier...

Le chagrin avait également affecté Quentin, tant moralement que physiquement.

Le gamin replet avait perdu ses kilos en trop et les centimètres qu'il avait gagnés en avaient fait un beau garçon qui ne savait pas encore habiter cette carcasse si nouvelle pour lui. Mais à quel prix... Le monde réel l'avait rattrapé plus durement qu'elle ne l'aurait souhaité.

La voiture franchit l'énorme porte ménagée dans les fortifications. Tournant sur la droite, ils les longèrent et n'eurent pas de mal, cette fois, à trouver la rue des Bas-Fossés et la propriété qu'ils avaient louée.

À peine la voiture se fut-elle arrêtée devant le portail que Nicolas et Quentin détachèrent leurs ceintures et en jaillirent.

L'air extérieur les enveloppa d'une gangue tiède et humide. Il avait plu pendant la dernière partie du voyage et, du ciel qui se dégageait, tombait une lumière blanche, crue, presque blessante. Nicolas ouvrit la grille de fer forgé. Sa mère gara la voiture dans la vaste cour intérieure et coupa le moteur tandis que les deux garçons, plantés devant la bâtisse, l'observaient sous tous les angles.

– Sacré morceau ! s'exclama Nicolas. Je ne savais pas que Vincent possédait cette baraque. Tu es sûre de ne pas t'être ruinée ? Cousin ou pas, il ne peut pas se permettre de nous la louer pour rien.

Sa mère passa son bras autour de ses épaules.

– Certaine. Quand je lui ai dit que je partais travailler à Périgueux, il m'a aussitôt parlé de cette maison et m'en a proposé un prix scandaleusement bas pour les deux mois d'été. Vincent en a hérité il y a cinq ans d'un de ses oncles et ne la loue qu'à la famille ou à ses amis. Cette demeure contient des objets et des meubles de valeur et il préfère savoir qui y séjourne.

Jeanne détailla à son tour les lieux.

Elle savait que Vincent lui avait fait un superbe cadeau en lui proposant d'occuper cette maison pour une bouchée de pain. Gênée, elle avait commencé par refuser mais il avait prétexté une suite de défections pour qu'elle se rende à ses arguments. La certitude que ses enfants y seraient heureux avait emporté sa décision et, devant une pareille merveille, elle ne la regrettait pas.

Le corps de bâtiment principal était en pierre de taille blanche avec un toit à la Mansart s'appuyant sur des corbeaux. Il était encadré de deux tourelles coiffées d'ardoises.

La jeune femme songea à Marc et ses yeux s'embuèrent. Il aurait adoré séjourner dans un tel endroit ! Tous leurs beaux rêves s'étaient effondrés ce triste jour de février où...

Pourquoi avait-elle éprouvé le besoin de lui téléphoner alors qu'il conduisait ? Sans cesse depuis, elle entendait le crissement des pneus, le fracas de la collision puis la tonalité insupportable à l'autre bout du combiné.

Plus tard, elle avait appris qu'une nappe de brouillard avait piégé les automobilistes qui la traversaient. Lorsqu'ils avaient freiné, pris de court, leurs véhicules avaient dérapé. Un camion transportant des matières inflammables s'était renversé avant de prendre feu. *La fatalité*, avait-elle lu dans les journaux.

Même si son appel n'avait rien à voir avec les causes du carambolage, elle ne pouvait s'empêcher d'éprouver une profonde culpabilité. Si Marc avait été plus concentré sur sa conduite, se répétait-elle, il aurait peut-être évité la collision.

Son mari avait été enterré dans le caveau familial d'Argenton-sur-Loire, où ses parents reposaient déjà. Jeanne avait choisi de repartir à zéro avec ses deux garçons. En septembre, elle prendrait ses fonctions dans un cabinet de conseil en entreprise à Périgueux. Une ville nouvelle, une nouvelle existence. Sans Marc pour l'accompagner.

Quentin se campa aux côtés de sa mère qui essuya furtivement ses yeux. Pas question de montrer son chagrin à ses fils. La vie continuait, pour elle comme pour eux !

– Elle date de quand, cette maison ?

– De la Renaissance, me semble-t-il, ou un peu avant. En tout cas, classée monument historique. D'après ce que m'a expliqué Vincent, elle a été bâtie sur des fondations très anciennes et les caves remontent au Moyen Âge. Il m'a dit qu'on trouverait plein de bouquins sur l'histoire locale dans les bibliothèques de son oncle. Je suis sûre qu'on y apprendra un tas de choses passionnantes mais pour l'instant, vous allez m'aider à décharger la voiture.

Nicolas et Quentin poussèrent des soupirs de contrariété mais s'exécutèrent séance tenante. Jeanne regarda ses fils vider le coffre. Quentin avait hérité de sa chevelure blond cendré, de ses yeux verts et de sa jovialité. Quant à son imagination débordante, elle se demandait bien de qui il la tenait.

Nicolas, châtain comme son père, était doué d'un naturel plus taciturne. À la disparition de Marc, elle avait craint pour son équilibre. Depuis cinq mois, il avait perdu son humour caustique et alternait phases dépressives et colères incontrôlables, ce qui ne l'avait pas empêché d'être reçu au bac avec mention très bien. S'il ne faisait guère allusion à son père, elle savait qu'il y pensait sans relâche et que la plaie serait longue à se refermer.

Mme Daurevilly se dirigea vers la porte d'entrée et introduisit la clé dans la serrure. Comme le battant pivotait, une chose sombre fila entre ses jambes, lui arrachant un hurlement d'effroi.

LE BÛCHER

Le mince cortège arriva à destination et Jacques marqua un temps d'arrêt, tant la foule qui l'attendait était dense. Hommes, femmes et enfants se penchaient aux fenêtres afin de ne rien perdre du spectacle macabre. Quand il apparut, les visages devinrent graves et l'air, traversé l'instant d'avant de cris et de quolibets, s'emplit de murmures.

La place des Échevins était le cœur de la ville. On y avait élevé les plus belles maisons, des constructions solides, faites pour durer. Elles appartenaient aux bourgeois fortunés, commerçants et artisans pour la plupart.

Jacques soupira, songeant à la demeure qu'il avait choisi de bâtir à la périphérie de la cité, le long des fortifications. Là, il avait trouvé la tranquillité nécessaire à sa tâche. Il revit, avec une pointe de regret, ce qu'avait été son quotidien : la crypte, ses grimoires mille et mille fois relus, l'athanor qu'il entretenait depuis tant d'années, le lutrin au-dessus duquel il s'était usé les yeux. Ces longues heures d'études qui donnaient sens à sa vie.

Dans la foule des notables, Jacques reconnut Bonnac, Cabret, Malécot, son cousin Enguerrand Leplessis, et beaucoup d'autres. Leurs vêtements étaient sombres, leurs mines contrites. Comme il s'y attendait, ils évitèrent son regard. Il les avait pourtant fréquentés ces artisans fortunés, ces marchands prospères, ces hommes respectés ! Il avait été des leurs. Mais la roue de la fortune avait tourné plus atrocement qu'il ne l'avait imaginé dans le pire de ses cauchemars.

Ses amis Eliphas, Gweltaz et Abou étaient là, dissimulés dans la foule, occupés à tisser le sort d'éternité afin de sauver quelque chose de lui. Il ne les voyait pas mais il les sentait proches et leur présence invisible lui redonna courage.

Et puis il y avait la bague…

Alors qu'il était seul, dans son laboratoire, à se morfondre en attendant l'aube, l'air s'était déchiré devant lui et trois vieilles femmes étaient apparues. Elles étaient maigres, courbées, et vêtues de tuniques grises. Toutes avaient les cheveux longs et blancs, le visage émacié, un profil de rapace. Sur leurs lèvres, flottait un sourire narquois.

Stupéfait, Jacques avait reconnu les Passeuses.

Que cherchaient-elles, d'où venaient-elles, quel était leur rôle ici-bas ? Personne n'aurait pu le dire mais leurs pouvoirs, leur savoir, étaient immenses et bien des sorciers avaient sollicité leur aide depuis la nuit des temps, sans toujours l'obtenir. Les Passeuses agissaient selon leur fantaisie, dont les raisons échappaient aux mortels. Elles possédaient le don d'ouvrir les portes entre les mondes et rien du passé ni de l'avenir ne leur était étranger.

L'une d'elles, qui tenait une paire de ciseaux, l'avait observé avec amusement.

– Te voilà en fâcheuse posture, sorcier ! s'était-elle exclamée. Les démons sont de fort mauvaises fréquentations et nous t'aiderions volontiers si les temps étaient venus. Mais il nous faut apprendre la patience, mortels comme immortels, car nous n'en sommes qu'au début de cette histoire.

La deuxième Passeuse avait émis un ricanement puis, une aiguille entre les doigts, s'était approchée de Jacques et avait ordonné d'une voix qui n'admettait aucune réplique :

– Maintenant, donne-nous ton sang ! Nous en ferons bon usage.

Jacques avait tendu l'index. La Passeuse avait piqué l'extrémité de son doigt et la dernière avait recueilli trois gouttes écarlates au creux de sa main tandis que le sorcier hoquetait et suait à grosses gouttes. Par trois fois, il lui avait semblé mourir et renaître aussitôt. Alors, pétrissant l'air de ses longues mains sèches, la Passeuse avait forgé une bague sur laquelle trois pierres rouges étaient enchâssées.

– Dissimule ce bijou là où bon te semblera ! avait-elle dit. Il contient trois fragments de ta vie. Le moment venu, Celui-qui-viendra le retrouvera. Il lui sera utile, fais-nous confiance.

– Pourquoi ce présent ? avait balbutié Jacques. Vous ne me devez rien.

– C'est vrai, nous ne te devons rien, avaient-elles répondu de leurs voix de crécelle, mais nous avons le souci des équilibres et nous exécrons les démons !

Elles entamèrent une ronde lente et répétèrent en chœur :

– Oh oui, nous exécrons les démons ! Nous les exécrons...

L'instant d'après, elles avaient disparu. Obéissant au commandement des Passeuses, Jacques avait gagné le grand chêne si cher à son cœur et, s'installant sur sa fourche, il avait caché la bague sous l'écorce, sans comprendre dans quel but il agissait ainsi. Sa seule certitude était qu'on ne désobéissait pas aux Passeuses. Elles savaient ce que lui ignorait.

Une bourrade le ramena à la réalité. La foule s'écarta quand, entouré de ses gardes, il gagna le centre de la place où se tenait le bûcher. Brossard coupa les cordes qui entravaient ses pieds et deux hommes le revêtirent de la tunique imprégnée de soufre qui, en se consumant, dégagerait des vapeurs toxiques. C'était un geste de miséricorde car sa fin en serait adoucie.

Ils le soulevèrent et l'attachèrent au poteau que l'on avait dressé au milieu d'un énorme tas de bois sec. À quelques pas de là, le prêtre de la paroisse lui adressa un signe d'encouragement et commença à prier. Jacques se laissait faire, indifférent. C'est à peine s'il esquissa un haussement d'épaules quand un des juges rappela un à un les chefs d'accusation qui pesaient sur sa personne.

Brusquement, le condamné poussa un cri et son corps se tordit comme sous l'effet d'une terrible souffrance. Il interrompit le magistrat et hurla :

– Qu'on en finisse ! Pour votre salut à tous, qu'on en finisse !

L'affolement brisait sa voix. Sans doute la crainte de la mort lui faisait-elle perdre la raison, pensa le juge qui interrompit sa lecture et chercha l'approbation du sire de Montgorge. Ce dernier ferma ses gros yeux ronds et hocha la tête. Point n'était besoin d'attendre davantage. Cette histoire lui déplaisait. Abréger les souffrances de Jacques Guernière était un devoir d'humanité.

Sur un signe du prévôt, le bourreau s'approcha du bûcher et y planta sa torche.

Jacques poussa un soupir de soulagement en entendant les brindilles crépiter. Ses forces ne lui auraient pas permis de résister longtemps encore. Voilà vingt-quatre heures qu'il bataillait sans relâche et il se sentait à bout. Celui-qui-veille avait compris qu'il ne restait plus une minute à perdre et, rassemblant son énergie, il avait à nouveau tenté de s'emparer de lui, y parvenant presque. Jacques distingua la foule au travers du mince rideau de fumée bleue. Pour l'heure, la chaleur était douce, lointaine, presque amicale.

Le supplicié constata alors que nombreux étaient ceux au premier rang qui pleuraient. Il reconnut Hermeline, dame Geneviève, Quintard le sabotier, d'autres encore qu'il avait aidés par le passé et qui avaient trouvé le courage de venir l'assister dans ses derniers moments. L'émotion le submergea, lui arrachant des larmes de gratitude.

C'est alors qu'il la vit.

Violaine ! Elle s'était avancée, la face convulsée par la douleur, si belle qu'il éprouva pour la première fois le désir de refuser son sort et de fuir avec elle. Un mot, un simple mot et il était libre !

Un élancement brutal dans la poitrine le rappela à l'atroce réalité. Qui sait si ce n'était pas Celui-qui-veille qui lui dictait ces pensées ? Il tenta de détourner la tête. Il ne fallait pas qu'on remarque leur échange de regards. Jacques ne parvint cependant pas à s'arracher aux yeux de Violaine, bouleversé par l'amour qu'il y lisait et qu'il avait toujours feint d'ignorer.

La fumée âcre lui tira une quinte de toux. Une bourrasque balaya la place et Jacques sentit la morsure des flammes sur sa peau. La souffrance fut telle qu'il hurla. La panique le submergea. Au même instant, sa forteresse de sortilèges se fendilla.

– Trop tard ! sanglota-t-il.

Celui-qui-veille allait s'emparer de lui et faire ce pour quoi il avait été créé. Viendrait alors son Maître et la fin de ce monde. La bouche de Jacques se tordit en un immonde rictus et il sut qu'il ne pourrait le contenir plus longtemps.

Dans un sursaut de rage, le sorcier cria :

– Par pitié, mes frères, aidez-moi… Je n'en peux plus !

Dans le même temps, Celui-qui-veille expulsa Jacques de son corps. Il s'éleva au-dessus de la place et découvrit avec terreur sa propre face déformée par une joie démoniaque. Il aperçut alors Eliphas, Gweltaz et Abou. Les trois sorciers s'étaient disposés en triangle autour du bûcher. Jacques vit leurs lèvres bouger tandis qu'ils brandissaient leurs bâtons.

Sans que personne en comprît la raison, le bûcher s'embrasa d'un coup, comme si on y avait versé un chaudron de poix. Celui-qui-veille n'eut pas le temps de réagir. Il laissa échapper un hurlement de rage puis se tut, dévoré par les flammes.

Jacques sentit qu'il réintégrait son corps. Une vague de lumière l'enveloppa et tout fut consommé.

De mémoire d'homme, jamais on n'avait vu pareil prodige ! Le brasier se tordait comme si un vent mauvais l'attisait, soufflant des profondeurs de la terre. De longues torsades de flammes montèrent aussi haut que les toits et l'on craignit qu'elles ne se propagent à la ville entière, dans le plus formidable incendie qui soit.

Les spectateurs refluèrent en désordre, cheveux et sourcils roussis par l'infernal bûcher. La cohue était indescriptible et les hommes du prévôt ne parvenaient plus à canaliser la foule. Certains moururent piétinés ou écrasés contre les murs, beaucoup furent blessés. En quelques minutes, le bois se consuma dans un éclat aveuglant. Quand l'assemblée put de nouveau tourner ses yeux éblouis en direction du bûcher, elle n'y découvrit qu'un monceau de braises rougeoyantes.

On releva les blessés, on compta les morts. Il y en avait huit : deux enfants et quatre adultes foulés aux pieds dans la panique ainsi que deux étrangers, un homme jeune et blond et un autre, brun de poil et de peau, vêtu comme un Maure. Personne ne se rappelait les avoir vus de leur vivant et, de manière inexplicable, ils ne portaient aucune trace de blessure.

Les villageois se dispersèrent, effarés, commentant à voix basse les ultimes paroles du supplicié et les événements étranges qui venaient d'avoir lieu. Violaine resta parmi les derniers, les curieux, les fidèles, ceux enfin que le miracle de cet inexplicable embrasement avait frappés de stupeur. Le vieux prêtre de la paroisse s'était attardé et priait en silence, le visage incliné vers le sol.

Violaine attendit longtemps, indifférente aux flocons de neige qui tombaient dans un froissement presque imperceptible et fondaient quand ils se posaient sur ses cheveux. Elle attendit que tous s'éloignent, que les braises se ternissent, qu'elles deviennent cendre pulvérulente et grise que le vent souleva et emporta en tourbillons au-dessus des toits.

Dans sa main, serrée si fort que ses articulations en étaient douloureuses, elle tenait un ruban de velours vert. Elle éprouva la tentation de le jeter dans la poussière du bûcher, puis, se ravisant, elle le glissa dans la poche de son manteau et s'éloigna.

La jeune fille rentra chez elle d'un pas mécanique, parcourant les rues en aveugle, heurtant les gens qui croisaient sa route. Et quand elle s'écroula sur sa paillasse, elle se laissa aller aux larmes qu'elle avait si longtemps retenues.

Tout ne serait que noirceur, désormais.

Et remords.

LA BIBLIOTHÈQUE OCTOGONALE

Nicolas et Quentin se précipitèrent, alarmés par le cri de leur mère.

– Qu'est-ce qui se passe, maman ? demandèrent-ils d'une seule voix.

Jeanne éclata de rire et désigna une forme noire qui se faufila prestement entre les buis et escalada le mur mitoyen avant de disparaître.

– Il y avait un chat dans la maison. Quand j'ai ouvert, il a filé entre mes jambes comme un bolide. Dieu sait depuis combien de temps cette pauvre bête était là ! Elle devait mourir de faim.

– Pas de risques ! gloussa Nicolas. Une vieille bâtisse comme ça grouille sûrement de rats et de souris. Ton chat, il a fait exprès de se laisser enfermer pour en boulotter un maximum !

– N'empêche que j'aurais préféré un autre comité d'accueil. Bon, apportez les valises qu'on s'installe dans notre château !

– Dans notre maison de sorcière plutôt ! rectifia Quentin.

Il désigna les tourelles couvertes d'ardoises.

– Le chapeau pointu, la demeure séculaire, le chat noir… Les ingrédients sont réunis pour une histoire saignante à souhait !

Sa mère ébouriffa ses cheveux.

– Tu vas me faire le plaisir de ne plus toucher aux bouquins dont tu te gaves à longueur d'année ! Ici, c'est détente, rêves en couleur, repas savoureux et bonheur à tous les étages, qu'on se le dise !

– À vos ordres, mon capitaine !

Quentin exécuta une parodie de salut militaire et rejoignit son frère qui, un sac de voyage dans chaque main, se dirigeait vers la maison.

La porte d'entrée donnait sur un vestibule de la taille d'un appartement. Une fois que leurs bagages y furent entassés, Jeanne proposa à ses fils de visiter la maison.

Sur les murs, à trois mètres de hauteur environ, des portraits en pied étaient accrochés en enfilade. Ils représentaient des personnages vêtus à la mode des XVIIIe et XIXe siècles. Tous avaient un air de famille, l'œil sombre et le nez aquilin.

– Les grands ancêtres, je suppose, dit Jeanne à voix basse, comme si elle avait craint de déranger cette étrange assemblée. J'ai cru comprendre que la propriété appartenait à la famille des Leplessis depuis de nombreuses générations.

Quentin observa les visages immobiles. C'était déplaisant de se trouver sous les regards croisés de ces hommes morts voilà si longtemps. Mais déjà sa mère et Nicolas repartaient. À droite, un large couloir desservait une suite de salons et une bibliothèque. À gauche, l'office et une immense cuisine. La table de bois massif qui pouvait accueillir une vingtaine de convives avait au moins deux ou trois siècles d'âge et la cheminée était si vaste que l'on s'y tenait sans peine debout.

Les garçons n'accordèrent qu'une attention distraite au mobilier mais leur mère allait d'émerveillement en émerveillement.

Un escalier de pierre conduisait à l'étage. Les parquets de chêne craquaient sous leurs pas. Ils avaient l'impression d'être dans un hôtel tant il y avait de pièces. Nicolas et Quentin n'en comptèrent pas moins de douze ! Jeanne proposa à ses fils de vastes chambres situées côté jardin.

– Celle que tu occuperas, annonça-t-elle à Nicolas, est équipée d'une prise téléphonique. Tu pourras te connecter à Internet à volonté. C'était celle de feu M. Leplessis.

– Fais gaffe que son fantôme ne vienne pas hanter ton disque dur ! ironisa Quentin.

– Très drôle... Tu en as beaucoup comme ça ?

– Des tonnes !

Nicolas inspecta la pièce. Un lit, une table de chevet, un bureau, une armoire. Pas un tableau ou une gravure aux murs. Cet intérieur spartiate lui convenait plutôt.

– Il vivait seul, l'oncle, sans femme ni enfants ? demanda-t-il à sa mère.

– Je suppose, puisque c'est son neveu qui en a hérité.

La pièce la plus impressionnante était la seconde bibliothèque, située dans la tourelle nord. À l'exception de la porte qui y menait, elle ne comportait aucune ouverture. Les murs disparaissaient derrière d'extraordinaires rayonnages qui dessinaient un octogone parfait. Du sol au plafond, s'alignaient des milliers de livres reliés. Une table, également octogonale, occupait le centre de la pièce.

– L'oncle de Vincent était un historien de renom, spécialiste des croyances populaires, précisa Jeanne. Il a écrit plusieurs ouvrages sur Gilles de Rais qui, selon Vincent, ont fait grand bruit à l'époque de leur publication.

– Connais pas ! répondit Nicolas.

Ils parcoururent les rayons. La plupart des ouvrages étaient en français, en italien ou en anglais. Certains, rédigés en latin et en grec, paraissaient très anciens, compte tenu de leurs reliures fatiguées.

– Regardez ça ! s'enthousiasma Quentin. *Magica de spectris et apparitionobus Spiritum* ! Ça doit être génial ! Et celui-là : *Monarchia daemonorum* !

Il attrapa l'énorme volume et le posa sur la table. Nicolas lui jeta un regard désolé. Il paraissait s'ennuyer ferme mais Quentin ne lui prêta aucune attention, captivé par sa découverte. Le cuir de la couverture était doux à sa paume et, pendant une seconde, il eut l'impression d'avoir vécu cette scène : il lisait un grimoire semblable à celui qu'il tenait en main mais il était seul, dans un lieu sombre et clos. Puis l'étrange souvenir s'effaça, laissant en lui un désagréable sentiment d'insatisfaction.

Le livre possédait un fermoir qu'il fit jouer. Le papier était épais, d'un blanc grisâtre strié d'ocre par endroits et constellé de taches brunes. Sur les pages de droite s'étiraient des lignes indéchiffrables ; sur celles de gauche, de remarquables gravures le subjuguèrent. Ce n'étaient que créatures velues et cornues aux yeux cruels, serpents à visages humains, anges à tête de bouc ou de chouette, monstres composites nés d'imaginations délirantes. De manière incompréhensible, des noms bizarres dansaient aux frontières de sa mémoire, comme recouverts d'un voile cotonneux. Il aurait suffi d'un rien pour qu'il s'en souvienne et que…

Jeanne, qui s'était approchée, émit un claquement de langue désapprobateur en découvrant les illustrations. Quentin avait le chic pour dénicher de quoi alimenter sa fantaisie et ses goûts macabres…

– Ce livre est très ancien, il doit valoir une fortune ! remarqua-t-elle. Je ne voudrais pas qu'on l'abîme.

Et sans se préoccuper des récriminations de son fils, elle referma l'ouvrage et le remit en place.

– Je comprends que Vincent choisisse ses locataires avec soin. Interdiction formelle de fouiner ici sans ma permission. Bon, conclut-elle, il est temps de faire quelques courses, sinon, ce soir, vous vous contenterez de nourritures spirituelles !

La fin de l'après-midi fut consacrée à leur installation dans les chambres et aux achats dans le supermarché le plus proche. Il était dix-neuf heures quand les Daurevilly revinrent rue des Bas-Fossés. Une fois qu'ils eurent rangé les courses dans les placards de la cuisine, Jeanne enfila un tablier, retroussa ses manches et déclara :

– Je vous laisse quartier libre jusqu'à vingt heures, le temps de vous mitonner un de ces somptueux dîners dont j'ai le secret.

Quentin consulta son frère du regard.

– On va faire un tour en ville, Nico?

Sa mère attrapa sa main et y posa un baiser.

– Je vous suggère qu'on y aille tous les trois demain matin. Ce sera plus sympa, vous ne pensez pas? Profitez-en plutôt pour explorer les lieux... Cette maison regorge de surprises, j'en suis certaine!

Nicolas et Quentin opinèrent, l'air peu convaincu. Ils commencèrent par faire le tour du jardin. Un bassin aux eaux verdâtres retint leur attention et ils restèrent un moment à observer le ballet des insectes aquatiques qui glissaient sur sa surface. Ensuite, comme deux gamins, ils essayèrent d'attraper les lézards qui sommeillaient sur les pierres chaudes. Nicolas, doué de réflexes rapides, excellait à ce jeu, mais ne retint des petits reptiles que l'extrémité de leur queue frétillante. Quand ils en furent lassés, ils rejoignirent la grande cour pavée et observèrent la rue. À cette heure de la journée, elle était déserte.

Comme ils regagnaient la maison, Quentin eut brusquement la pénible sensation d'être observé. Il fit volte-face et découvrit une vieille femme aux cheveux blancs postée derrière la grille. Elle regardait dans sa direction. Comment pouvait-elle se trouver là? songea-t-il. La minute d'avant, il n'y avait personne!

– Nico, chuchota-t-il, quelqu'un nous surveille derrière le portail!

Mais quand son frère se retourna, la vieille femme s'était volatilisée.

– Tu as des visions? s'amusa Nicolas. Maman t'a pourtant dit d'arrêter tes lectures. Allez, reviens sur terre!

Quentin, trop estomaqué pour répondre, le suivit. Des cliquetis de casseroles qu'on entrechoque et des odeurs d'aromates s'échappaient de la cuisine.

– On se fait une partie de *Demon killer* sur le portable ? proposa Nicolas.

Quentin secoua la tête.

– Bof. Si on allait plutôt jeter un coup d'œil aux caves ?

– Tu sais par où on y va ? interrogea son frère dubitatif.

– Tu me prends pour qui ? Mister œil de faucon, c'est moi, tu ne t'en souviens pas ? Allez, amène-toi !

Ils gagnèrent le couloir qui reliait le hall et la cuisine, se gardant d'allumer la lumière afin de ne pas attirer l'attention de leur mère. Un rectangle sombre se découpait sur le mur.

– Tout à l'heure, chuchota Quentin, pendant que maman rangeait les courses, je suis venu faire un tour. La porte était entrouverte. Tu penses bien que Sherlock Daurevilly a aussitôt vérifié ce qui se trouvait derrière.

Quentin tira le battant, découvrant un puits de ténèbres.

– Et voilà ! Élémentaire, mon cher Nicholson !

Il passa sa main contre la paroi jusqu'à ce qu'il sente sous ses doigts un interrupteur. Une ampoule dispensa aussitôt une clarté anémique et jaunâtre. Des marches de pierre tachée de brun s'enfonçaient dans les profondeurs de la maison.

– On y va ? proposa Quentin.

Nicolas avala sa salive avec difficulté. Il n'avait pas envie de savoir ce qu'il y avait là-dessous. L'idée de descendre l'angoissait, comme si quelque chose ou quelqu'un l'attendait en bas. Il mordit ses lèvres et releva les yeux. Son frère le fixait avec un sourire provoquant. Piqué, Nicolas répliqua :

– D'accord, on y va.

À cet instant, un bruit de verre brisé suivi d'une exclamation désolée retentit dans la cuisine.

– Zut, il y a du grabuge ! s'exclama Quentin.

Il éteignit la lumière, referma la porte et les deux frères se précipitèrent à la cuisine.

VIOLAINE

Tout n'était que noirceur désormais.

Et remords.

Sa mère était morte. Jacques était mort. Et le vieux Pierre également. Tous par sa faute.

En dépit de l'heure tardive et de sa fatigue, Violaine, recroquevillée sous une couverture, ne parvenait pas à dormir. Depuis deux jours, elle n'avait rien avalé. La seule idée d'absorber de la nourriture la révulsait et son estomac l'élançait atrocement. Un froid glacial régnait dans la maisonnette car elle n'avait pas trouvé la force d'allumer un feu.

L'ameublement de l'unique pièce était sommaire. Sur le sol de terre battue, recouvert de joncs propres et secs, étaient disposés une petite table, deux chaises, un coffre grossièrement menuisé et la paillasse sur laquelle elle dormait. C'étaient là ses seules richesses. Une porte de bois défendait l'entrée de son logis, mince rempart que le vent d'hiver franchissait sans peine et qu'un homme animé de mauvaises intentions aurait renversé d'un coup d'épaule.

Durant la journée, Violaine avait travaillé comme à son habitude chez dame Geneviève. On l'avait trouvée encore plus pâle et silencieuse que de coutume. La plupart des ouvrières s'étaient rendues à l'exécution et certaines l'avaient vue s'attarder devant le bûcher quand la foule s'était dispersée. On s'en était d'abord étonné. Violaine était jeune, impressionnable, et le spectacle de ce brasier démoniaque aurait dû lui faire prendre le large, d'autant que le spectacle des morts et des blessés avait ajouté à la consternation générale. Puis on s'était souvenu que c'était Jacques Guernière qui l'avait recueillie, voilà de cela plusieurs années, transie de froid, alors qu'elle errait sur une route enneigée. Il l'avait ramenée à Comberoumale et l'avait aidée à s'y établir. Le défunt drapier était coutumier de ce genre de sauvetage. Comme on savait Violaine fort pieuse, on supposait qu'elle était restée auprès des cendres brûlantes afin de prier pour l'âme de l'homme qui lui avait sauvé la vie.

En fin de journée, la grosse Louise avait risqué une plaisanterie sur le supplicié. Dame Geneviève, fronçant les sourcils, l'avait réprimandée :

– Je te rappelle, avait-elle dit, qu'en dépit des accusations portées contre lui, maître Jacques a toujours été un homme bon et respecté, de moi comme des autres ! Je l'ai connu honnête en affaires et les tissus qu'il me vendait – drap, futaine, serge ou velours – étaient d'une qualité irréprochable.

Marquant une pause, elle avait dévisagé ses ouvrières les unes après les autres et avait ajouté :

– C'est au Seigneur tout-puissant de le juger maintenant. Et de lui pardonner ses péchés. Si péchés il y a eu ! Qui sait, d'ailleurs, si le miracle qui a abrégé ses souffrances n'est pas le fait du Très-Haut ?

Louise, mouchée, avait ronchonné dans son coin mais n'avait rien répondu. Tant mieux d'ailleurs, car si elle avait encore ouvert la bouche, Violaine lui aurait arraché les yeux.

Quand Jacques l'avait ramenée à Comberoumale, quatre ans auparavant, il s'était empressé de prendre ses distances. Personne ne devait connaître les liens qui les unissaient. Grâce à la petite somme d'argent qu'il lui avait remise, Violaine avait pu se loger dans une maisonnette adossée aux fortifications. La jeune fille était vive et habile de ses mains. Bien vite, elle avait appris d'une amie de Jacques, Hermeline, que dame Geneviève cherchait une couturière. Elle s'était présentée dans l'heure. Dame Geneviève était une solide bourgeoise d'une quarantaine d'années qui faisait marcher son monde à la baguette. Après une courte période de mise à l'épreuve, elle avait accepté dans son atelier cette orpheline si jolie, si dégourdie, et qui mettait tant de cœur à l'ouvrage.

Qui aurait deviné qu'à la nuit tombée Violaine quittait son minuscule logis et gagnait en grand secret la demeure de Jacques Guernière, le riche marchand de drap ?

La jeune fille retint ses sanglots et se roula en boule, tirant sur elle sa couverture de laine. Désormais, elle était seule au monde. Sa mère. Jacques… Ceux qui comptaient pour elle avaient disparu à jamais.

Si elle s'était écoutée, elle aurait abandonné Comberoumale sans attendre. Ici, sa souffrance était trop vive. Mais Jacques lui avait demandé d'être prudente, de ne rien faire qui pût laisser supposer qu'ils étaient liés. Elle patienterait donc quelques semaines avant de rejoindre maître Eliphas à Paris. Peut-être que loin de Comberoumale, la douleur s'atténuerait.

Pour l'heure tout n'était que noirceur. Tout n'avait été que noirceur en définitive, à part ces deux êtres qu'elle avait aimés. Violaine mordit ses lèvres jusqu'au sang et fondit en larmes. Elle pleura longtemps. Enfin, vaincue par la fatigue, elle plongea dans un sommeil agité, peuplé de souvenirs douloureux.

UN MAIL SURGI DE NULLE PART

Les deux garçons firent irruption dans la cuisine. Jeanne Daurevilly, très pâle, se tenait appuyée à la table et contemplait le désastre. La sauce bolognaise avait éclaboussé de rouge le sol et les meubles, la viande hachée s'agglutinant en caillots écarlates et grumeleux sur le carrelage blanc.

Évitant les débris de saladier et les flaques de sauce, Quentin s'approcha de sa mère.

– Ça va maman ?

Celle-ci passa une main tremblante sur son front couvert de sueur.

– Ça va. Je ne sais pas ce qui m'a pris. J'ai eu très froid tout d'un coup et la pièce s'est mise à tanguer autour de moi. Sûrement la fatigue du voyage. C'est long, huit heures de route.

Elle montra le carrelage souillé.

– Et moi qui vous avais préparé votre plat préféré... Je suis désolée.

– T'inquiète, maman, répondit Quentin, les spaghettis au beurre, c'est délicieux aussi ! Va t'allonger sur le canapé du salon. On s'occupe de nettoyer !

Jeanne acquiesça et quitta la pièce. Quentin alla chercher un balai, une serpillière et un seau tandis que son frère faisait glisser les morceaux de verre dans une pelle en plastique qu'il avait trouvée sous l'évier.

– Quel carnage ! s'amusa Nicolas. On jurerait que quelqu'un a commis un meurtre ici.

Il désigna la bouillie sanglante que Quentin épongeait tant bien que mal et ajouta :

– Dommage, les spaghettis bolognaise, moi, je leur aurais fait un sort !

En d'autres circonstances, Quentin aurait apprécié cette plaisanterie mais cette fois elle lui sembla déplacée.

– C'est tout ce que tu trouves à dire ? répliqua-t-il. Maman est si crevée qu'elle a failli s'évanouir. Elle aurait pu tomber, se blesser, et toi, tu ne penses qu'à bouffer !

Nicolas émit un ricanement méprisant et vida dans la poubelle sa moisson tranchante.

– Hé ho, tu ne vas pas me faire la leçon ! Maman par-ci, maman par-là ! On est tous crevés. Je regrette juste que notre dîner se soit fracassé par terre. J'en ai le droit, non ?

– Oui. N'empêche que si on l'avait aidée, rien ne serait arrivé et...

– Tu recommences ! le coupa Nicolas. Je te signale que c'est elle qui nous a mis dehors et que c'est toi qui as proposé de descendre dans la cave ! Elle voulait nous faire une surprise. (Il émit un sifflement méprisant.) Bon, cette conversation me fatigue ! Dépêche-toi de terminer ton petit ménage, qu'on passe à table. Je vais chercher maman.

Laissant tomber sa pelle aux pieds de son frère, il sortit sans se retourner. Quentin soupira, acheva d'essuyer les dernières taches de sauce et mit le couvert.

Depuis la mort de leur père, Nicolas en voulait à la terre entière. Leurs fréquentes disputes attristaient leur mère qui ne parvenait pas toujours à les désamorcer. Imprévisibles, elles naissaient en général d'un événement insignifiant et retombaient tout aussi soudainement, laissant aux deux frères un sentiment de honte et d'amertume.

Le dîner fut cependant moins tendu que Quentin ne l'avait redouté. Le malaise de leur mère n'était plus qu'un mauvais souvenir et elle se montra enjouée. Juste après le repas, Jeanne proposa à ses fils une partie de Trivial Pursuit. Le jeu fut animé et Nicolas exécuta ses adversaires l'un après l'autre avec un acharnement que son frère se garda bien de relever. Quand la cloche de l'église sonna vingt-trois heures, Jeanne donna le signal du coucher.

– Et n'allez pas veiller jusqu'à des heures impossibles, précisa-t-elle. Demain, je veux vous voir reposés !

Alors qu'ils traversaient le couloir en direction de l'escalier, elle s'étonna :

– Tiens, c'est allumé ici ?

Jeanne désignait un trait lumineux qui filtrait sous la porte de la cave. Elle poussa le battant et pressa l'interrupteur.

– Vous êtes descendus ? demanda-t-elle sur un ton soupçonneux.

– Non, répondit Quentin. On a juste regardé où ça conduisait. Sauf que je suis sûr d'avoir éteint en refermant.

– Finalement tu n'as pas tant de mémoire que ça ! ironisa son frère. C'est le début de la sénilité.

– Je te dis que je suis sûr d'avoir...

– Vous n'allez pas recommencer vos chamailleries, dit Jeanne avec douceur. Peu importe. Maintenant, filez vous coucher, la journée a été longue !

Nicolas n'avait pas sommeil. Il resta le nez à la fenêtre, savourant le calme de la nuit. La lune était haute et dispensait une clarté pâle et froide. Un mouvement en contrebas attira son attention. Un chat traversait la terrasse et, en dépit de la distance, il parvint à distinguer la minuscule proie qui gigotait dans sa gueule. Le félin leva la tête vers lui, se figea un instant puis disparut à l'angle de la maison.

Une fois les volets tirés, Nicolas posa son ordinateur portable sur le bureau et le raccorda à la prise téléphonique. Il l'alluma, consulta ses mails puis ouvrit avec jubilation le fichier sur lequel il travaillait. À la rentrée, il entrerait en maths sup à Bordeaux avec l'intention de se spécialiser, plus tard, en informatique.

Une école d'ingénieur le tentait assez. Son domaine de prédilection était la sécurité et, depuis plusieurs semaines, il élaborait un prototype de virus capable de percer les défenses de n'importe quel système de protection. Rien de plus efficace, pour se prémunir des pirates et autres hackers, que d'anticiper leurs attaques.

Il était absorbé par l'écriture d'une ligne de code complexe quand son attention fut attirée par la petite enveloppe venue s'afficher dans la barre des tâches. Il avait reçu un mail ! Un clic et le message s'ouvrit.

Stupéfait, Nicolas constata qu'il ne comportait aucune adresse d'origine. Il fit une vérification de routine en cliquant sur l'onglet : *propriétés du message*. Ce mail avait bien un destinataire mais pas d'expéditeur !

– Ça, c'est costaud ! s'exclama-t-il.

Ses correspondants étaient pour la plupart des programmeurs de haute volée, toujours à l'affût d'une faille dans les logiciels ou les dispositifs de surveillance. L'un d'eux avait réussi le tour de force de rendre ses mails impossibles à tracer ! Pas de doute que, d'ici quelques jours, le plaisantin qui lui avait adressé ce message lui révélerait son identité ainsi que la manip à effectuer.

Le texte était laconique :

« Bienvenue à Comberoumale. As-tu le désir de savoir ? »

Pensif, Nicolas mordilla ses lèvres. À qui avait-il indiqué sa destination ? Il ne se souvenait pas d'avoir précisé à qui que ce fût la ville où il passait ses vacances. En tout cas, son correspondant avait le sens de l'humour car ce mail fleurait bon le canular.

– Le désir de savoir ? Tu parles ! dit-il à voix basse. Savoir quoi en plus ?...

Il cliqua sur répondre et tapa d'un trait : *« Plutôt deux fois qu'une ! »* Son mail s'afficha dans la boîte d'envoi puis disparut. Nicolas s'attendait à le voir revenir accompagné d'un message d'erreur mais il n'en fut rien.

Où qu'il soit, son mystérieux correspondant avait reçu sa réponse.

UNE SILHOUETTE À LA FENÊTRE

Nicolas slaloma entre les canettes disposées sur le sol puis, rasant les escaliers situés à l'entrée de la mairie, il bondit, le skate miraculeusement collé à ses baskets, parcourut la première marche sur deux roues, regagna le sol en souplesse et pila net. Il descendit de sa planche et la projeta en l'air d'un mouvement négligent du pied avant de la rattraper de la main gauche et de la tendre à son propriétaire médusé.

Les touristes qui s'étaient arrêtés pour l'observer applaudirent à tout rompre. Nicolas s'inclina sobrement et rejoignit Quentin qui l'attendait sur un banc, à l'ombre des arbres. Depuis un quart d'heure, il multipliait les prouesses au skateboard, alignant ollie, kickflip, heelflip, backside kickflip, backside boardslide et frontside lipside[1] avec une confondante maestria. Sa performance avait laissé pantois les ados qui, avant son arrivée, s'essayaient aux figures les plus simples, place des Échevins.

Quentin hocha la tête en connaisseur et sourit à son frère.

1. Figures imposées que réalisent les skaters.

– Beau boulot ! Tu n'as pas perdu la main. Ou plutôt le pied...

– De plus en plus drôle, tu progresses.

La réplique se voulait cinglante, Quentin l'ignora et désigna le groupe de garçons assis sur les marches à une dizaine de mètres.

– Ça m'étonnerait qu'ils remontent sur leur planche tant que tu seras là.

Nicolas considéra son frère avec froideur.

– Ça veut dire quoi ? Je n'aurais pas dû leur montrer comment on se sert d'un skate ?

Comprenant que leur conversation menaçait une fois de plus de déraper, Quentin choisit l'apaisement.

– Si, bien sûr. Je voulais simplement dire que tu les as impressionnés et que ça ne doit pas être évident pour eux de se retrouver face à un super pro.

Comme son frère se murait dans un silence grincheux, il consulta sa montre.

– Tu ne crois pas qu'on devrait rentrer, Nico ? Il est presque six heures, maman est toute seule.

Impassible, Nicolas hocha la tête et le suivit.

La journée avait passé à une vitesse folle. Ils s'étaient levés tard. Ensuite, leur mère s'était rendue à l'office de tourisme afin de dresser l'inventaire des curiosités locales. Elle avait jeté son dévolu sur les grottes de Falourde, à une vingtaine de minutes en voiture, et leur avait proposé de les visiter l'après-midi.

Lestés d'un brunch copieux, ils étaient partis pour leur balade souterraine et étaient revenus à Combe-roumale sur les coups de seize heures. Les deux garçons avaient alors décidé de se promener en ville tandis que leur mère rentrait. Après avoir arpenté les vieilles rues, ils s'étaient installés sur la place principale, observant une bande d'ados qui évoluaient sur leurs skates. Nicolas n'avait pu s'empêcher de leur infliger une époustouflante démonstration de ses talents.

Quentin était resté en retrait, n'appréciant guère cette manière provocante qu'avait son frère de se mettre en avant, comme s'il prenait un malin plaisir à afficher sa supériorité et à humilier les autres.

Alors qu'ils passaient devant la première maison de la rue des Bas-Fossés, Quentin éprouva de nouveau la désagréable impression d'être observé. Il s'arrêta, leva les yeux et aperçut, derrière une des fenêtres, une silhouette immobile. Plissant les yeux, il crut deviner celle d'une femme aux longs cheveux blancs. « C'est celle qui nous épiait hier ! » songea-t-il, avant de se reprendre aussitôt : « Je deviens complètement parano ! Pourquoi notre voisine nous espionnerait-elle ? La pauvre vieille s'ennuie et regarde les gens qui passent devant chez elle. Point barre ! »

– Qu'est-ce que tu fous ? s'énerva Nicolas.

– Rien, j'arrive !

Il rattrapa son frère, préférant garder pour lui ses vagues soupçons. Tout ce qu'il gagnerait, s'il les avouait, c'était une volée de sarcasmes. Nico ne raterait pas une si belle occasion de railler son imagination débridée !...

– Qu'est-ce qu'elle a, cette baraque, pour que tu la mates comme ça ? On dirait que tu as vu un fantôme !

Quentin éclata de rire.

– Tu sais bien que je suis assez givré pour m'en persuader !

– Ouais, confirma Nicolas. Mais le jour où tu en verras vraiment un, personne ne te croira...

LA TRAQUE

Sauveterre, été 1453

Violaine courait comme une folle, échevelée, serrant de toutes ses forces l'étroit ruban de velours vert qui était la cause de son malheur. Elle entendait, une dizaine de pas derrière elle, leurs respirations haletantes. Ils la poursuivaient comme un animal qu'on traque.

Les pieds nus de la jeune fille touchaient à peine le sol, tant la peur lui donnait des ailes. En comparaison, les trois pendards à ses trousses semblaient des ours pesants et grotesques. Ils étaient vêtus à l'identique de grossiers bliauds de laine et de chausses mitées, maintenues sur leurs mollets par des bandelettes entrecroisées. Comme elle, ils n'avaient pour semelle que la corne de leurs pieds.

Les deux premiers étaient bruns, les cheveux mi-longs, sales à faire peur, et se ressemblaient beaucoup. Nul doute qu'ils étaient frères. Le dernier était roux, frisé, et soufflait fort, éprouvé par sa course. Il traînait la jambe gauche. Tous trois riaient cependant, ravis de voir leur proie détaler devant eux, dévorée par l'angoisse.

– Inutile de t'enfuir, fille du diable ! cria l'un des garçons bruns. Nous t'aurons tôt ou tard. Le festin n'en sera que meilleur…

– Et nous sommes affamés ! glapit le roux.

Les deux autres ponctuèrent ses propos de cris de joie. Violaine ne commit pas l'erreur de se retourner pour leur répondre. Elle parvint à maîtriser sa panique et accéléra l'allure.

Pourquoi s'était-elle éloignée de sa forêt ? Elle en connaissait les moindres sentes, les moindres taillis et y aurait semé ces lourdauds en un rien de temps. Mais voilà ! Elle avait été tentée d'aller au marché de Sauveterre, aiguillonnée par un désir dont elle ne pouvait se défaire, une fantaisie idiote qui l'obsédait depuis le début de l'été.

Elle rêvait d'acheter un ruban. Un ruban du même vert que ses yeux, pour le nouer dans ses cheveux. Quinze jours auparavant, alors qu'en compagnie de la Galafre, sa mère, elle glanait avec d'autres pauvresses dans les champs en contrebas de Sauveterre, elle avait vu une jeune femme qui portait semblable merveille, comme un frôlement de lumière dans sa crinière emmêlée.

Violaine en avait été retournée. Elle avait trouvé la fille si jolie qu'elle s'était juré de posséder un ruban identique, même si, dans ses bois, elle n'était belle pour personne. Tant pis ! Elle essaierait d'attraper son reflet dans le miroir que lui tendait l'étang du Palud, à deux pas de l'essart où sa mère et elle avaient construit leur cabane.

Le courage de se rendre à Sauveterre avait été long à venir. La Galafre lui avait mille fois expliqué qu'on ne l'aimait pas parce qu'elle n'était pas comme les autres.

Depuis douze ans qu'elle s'était réfugiée dans cette forêt reculée, loin de sa Vendée natale, pour y élever sa fille, on l'appelait sorcière et on la redoutait.

Oh, bien sûr, lorsque les bonnes gens avaient besoin de cette eau dans laquelle elle laissait macérer de l'écorce de saule pour calmer les maux de tête, ou de sa pâte qui soignait les verrues, ou encore de sa tisane pour les douleurs de ventre, on était content de la trouver ! Mais on venait aussi la voir en cachette, quitte à affronter les mauvais chemins conduisant à sa retraite, pour lui demander de deviner l'avenir, pour obtenir des philtres d'amour ou encore jeter des sorts sur les bêtes et les gens.

La Galafre s'était toujours refusée à de telles pratiques. Guérir ceux que d'autres avaient ensorcelés, soit, quoique cela ne lui fût arrivé qu'une ou deux fois dans son existence. Mais se servir de ses pouvoirs pour forcer les sentiments ou causer du mal, ce n'était pas dans ses façons. Elle restait donc à prudente distance du village, vivant au cœur de la forêt, comme une proscrite, objet d'intérêt et de haine mêlés. Sa fille était sa seule compagnie et elle lui avait enseigné les rudiments de sa science.

Point trop cependant : le nom de certaines plantes médicinales et la recette de quelques potions suffisaient amplement ! Dans le secret de son cœur, la Galafre espérait qu'un jour prochain Violaine rencontrerait un garçon qui l'aimerait assez pour l'épouser et lui permettre de mener une vie ordinaire.

Le talent que la Galafre avait hérité de sa propre mère l'avait tenue éloignée des autres et condamnée à la solitude. C'était à cause de lui qu'à seize ans elle avait connu le père de Violaine et avait dû s'enfuir pour mener cette existence obscure. Même la nouvelle de la mort de cet homme n'avait pas calmé les cauchemars qui la poursuivaient depuis lors. Fasse le ciel que pareille malédiction épargne sa fille !

Sans rien dire à sa mère, Violaine avait ramassé des champignons dans les sous-bois, relevé un beau lièvre dans l'un des collets qu'elle avait tendus la veille et tordu le cou à une dizaine de petits merles qu'elle avait pris à la glu. Elle trouverait aisément à les vendre, et la menue monnaie qu'elle gagnerait suffirait pour acheter le ruban convoité ainsi que des oublies[1] pour sa mère. La Galafre, qui en raffolait, n'en mangeait qu'une ou deux fois l'an.

Violaine avait pris le chemin de Sauveterre. Quand elle était arrivée sur la place du marché, la multitude l'avait suffoquée. Jamais elle n'avait imaginé autant de gens rassemblés dans un même lieu. Peut-être y en avait-il cent, mais elle ne savait pas compter jusque-là.

Elle avait surpris les regards moqueurs des femmes. Des regards moqueurs teintés de jalousie. La fille de la Galafre n'était âgée que de treize ans même si elle avait déjà des allures de demoiselle. Elle allait vêtue comme une souillon mais les longs cheveux noirs que sa mère peignait avec soin chaque matin étaient brillants et soyeux, son profil était semblable à celui des statues qui ornaient l'église du village, et la peau de ses joues aussi douce et fine que les soies venues d'Orient et vendues à prix d'or.

1. Petits beignets.

Ce qu'elle avait lu dans les prunelles des hommes était plus équivoque. Certains cherchaient ses yeux avec insistance et la détaillaient avec une attention qu'ils ne tentaient pas de dissimuler. Pour la première fois de sa vie, la sauvageonne avait pris conscience de l'intérêt qu'elle provoquait. Arrivée au marché, Violaine s'était installée un peu à l'écart des forains et des badauds. Elle avait posé son panier à portée de main, s'était accroupie et avait déposé ses maigres trésors sur le sol.

Il ne lui restait qu'à exercer sa patience et attendre les chalands.

LA CAVE

La maison était délicieusement fraîche quand les deux garçons y entrèrent. Assoiffés, ils se rendirent à la cuisine. Sur la table, ils trouvèrent un mot que leur mère avait laissé. Elle était partie se promener dans la vallée et ne tarderait pas à rentrer.

Ils burent de grands verres d'eau glacée puis grignotèrent des pêches, perdus dans leurs pensées.

– Je monte bouquiner ! déclara Nicolas après avoir posé son verre dans l'évier.

– Moi aussi.

Ils franchissaient le couloir pour gagner l'étage lorsque Quentin s'arrêta devant la porte de la cave et l'ouvrit. C'était une pensée absurde mais il craignait que la lumière fût encore allumée. L'escalier était plongé dans le noir. Le garçon pressa l'interrupteur et demanda :

– On fait un tour en bas ? Hier soir, on n'en a pas eu le temps…

Nicolas considéra les marches. Sous la clarté souffreteuse de la lampe, elles n'étaient guère engageantes.

– Pas maintenant, maugréa-t-il.

Il n'osait avouer à son frère que, comme la veille, il éprouvait une ridicule sensation d'oppression. Les mêmes idées grotesques lui traversèrent l'esprit : quelqu'un l'attendait en bas, quelqu'un qui le connaissait.

– Tu as la trouille ? persifla Quentin que la pâleur soudaine de son frère amusait.

– Tu plaisantes ?

Nicolas lui lança un regard de défi et descendit l'escalier.

Les degrés de pierre s'enroulaient autour d'un axe finement sculpté. Quant au cylindre de pierre dans lequel son frère et lui se déplaçaient, il était d'une rotondité parfaite.

Pourquoi avait-on accordé un tel soin à ce qui n'était que l'accès à une cave ? se demanda Nicolas. *Peut-être parce que, précisément, ça n'avait pas toujours été une cave*... lui souffla une voix tout au fond de lui. Il s'efforça de la faire taire et continua d'avancer. Quelques mètres plus bas, les moellons cédèrent la place à la roche brute. Ils avaient atteint le socle granitique sur lequel la cité était construite.

Nicolas sentit sa tension monter d'un cran. Il ne s'était pas attendu à ce que l'escalier s'enfonce si loin sous terre.

– Fais gaffe à ne pas te ramasser ! lança Quentin par-dessus son épaule. Si tu loupes une marche, vlan ! tu dégringoles et tu arrives en miettes. Éparpillé grave, le Nico ! Brisé menu ! Et bonjour le boulot pour recoller les morceaux.

Ignorant les railleries de son frère, Nicolas se concentra sur la descente. Il lui semblait que cet escalier n'en finirait jamais. Quentin pressa son épaule et reprit d'une voix sépulcrale :

– Enfin, si on arrive en bas un jour ! Apparemment, mon cher Nicholson, nous sommes partis pour un voyage sans retour !

Ses paroles résonnèrent, amplifiées par un curieux effet d'écho.

– Arrête tes conneries ou je remonte ! s'emporta Nicolas. Et puis ne m'appelle pas Nicholson, ça me tape sur les nerfs !

Il s'en voulut aussitôt d'avoir laissé transparaître son malaise. Son orgueil le poussait à ne jamais révéler ses accès de faiblesse. Soulagé, il constata qu'ils avaient atteint l'extrémité de l'escalier. Ils débouchèrent dans une pièce d'une trentaine de mètres de long sur vingt mètres de large, pauvrement éclairée par une série de plafonniers.

Aussi singulier que cela puisse paraître, les murs, le sol dallé et la voûte de pierre étaient blancs, lisses et secs, exempts de fleurs de salpêtre ou de moisissures. La pièce était saine et d'une propreté étonnante, comme si elle avait été nettoyée la veille. On n'y apercevait ni toiles d'araignée ni traces de poussière. Nicolas frissonna, ne sachant s'il devait attribuer sa réaction à la fraîcheur ambiante ou à l'inquiétude qui montait en lui.

Quentin se sentait engourdi et ses oreilles étaient emplies de sifflements très déplaisants. Comme la veille dans la bibliothèque octogonale, il était repris par cette étrange sensation de déjà-vu. Absurde ! Il n'avait jamais mis les pieds dans le Périgord auparavant et encore moins dans cette cave. C'était cependant une expérience enthousiasmante. Il retrouvait le climat de ses livres ou de ses films préférés, en particulier le moment où les héros parviennent à proximité de la crypte maudite, là où veille la créature démoniaque qui les a attirés à leur insu…

Son frère, en revanche, ne semblait pas apprécier la salle.

– C'est génial ! s'exclama Quentin pour détendre l'atmosphère. Tu imagines les fêtes qu'on pourrait organiser ici !

– Ouais, répondit Nicolas qui sautillait et se frictionnait les bras pour se réchauffer. On devrait ouvrir une boîte. Une bonne sono, un DJ, et c'est parti pour la nuit ! Au moins, quand tu danses, tu ne te cailles pas !

– Super idée ! confirma son frère. On l'appellerait *Le caveau des morts-vivants* !

Les deux garçons firent le tour des lieux. À part quelques piles de vieux journaux et des caisses entassées le long des murs, on n'y trouvait rien de l'habituel capharnaüm que l'on entrepose dans ce genre d'endroit.

– Tu as vu, s'étonna Nicolas, il n'y a même pas de vin ! Si papa était là, il serait fou. Lui qui rêvait d'une cave pour stocker ses précieuses bouteilles.

Cette réplique, qu'il avait voulue gaie, se perdit dans un murmure. Quentin revit le visage de leur père et un étau douloureux broya sa poitrine. Les larmes montèrent à ses yeux. Surtout, changer de conversation ! pensa-t-il. Changer de conversation !

– L'oncle Leplessis n'était pas un rat de cave, plaisanta Quentin. Tout au plus un rat de bibliothèque…

Nicolas coula vers son frère un regard apitoyé.

– Poilant, il n'y a pas d'autre mot ! Il faudra que je la ressorte. Maman sera pliée…

Ils marchèrent jusqu'à l'extrémité de la pièce. Elle était plongée dans l'obscurité car les ampoules des trois derniers plafonniers avaient grillé.

– Écoute ! ordonna Nicolas. Tu n'entends rien ?

Quentin dressa l'oreille.

– Non. Qu'est-ce qu'il y a ?

– Je ne sais pas. Il m'a semblé percevoir un bruit, une espèce d'appel étouffé.

– Tu te fiches de moi ! s'agaça Quentin. Et puis ce genre de blague, c'est ma spécialité, pas la tienne ! Bon, heureusement que j'ai pensé à prendre ça !

Il sortit une boîte de sa poche et craqua une allumette qui dispensa une clarté tremblotante.

– Regarde, il y a une ouverture en face de nous ! On l'aperçoit à peine d'ici. Il y a des tas de trucs posés par terre, juste devant. On dirait des grosses boîtes.

Quentin jeta l'allumette et désigna les plafonniers éteints au-dessus de sa tête.

– Tu ne trouves pas ça bizarre, ces lampes qui ne fonctionnent pas ? On croirait que c'est fait exprès.

– Tu as trop d'imagination, répondit son frère.

– Il paraît que c'est ce qui fait mon charme…

Un léger courant d'air provenait de l'ouverture. Quentin allait s'en approcher quand un appel le figea.

LE RUBAN VERT

– Tu es la fille de la Galafre ?

Violaine avait levé la tête. L'homme qui lui avait adressé la parole était de petite taille et frottait sans cesse ses mains l'une contre l'autre en un mouvement vif et nerveux.

Violaine avait acquiescé. Sa mère et elle étaient donc si connues ?

– On t'a volé ta langue ?

– Non, monsieur.

Il avait souri, dévoilant une rangée de dents noirâtres.

– À la bonne heure, tu parles ! Je craignais que tu sois muette. Ce qui, pour une belle fille comme toi, serait une aubaine... Tu trouverais mari sans peine !

L'homme avait éclaté de rire et claqué sa main sur sa cuisse, enchanté de sa lourde plaisanterie. Voyant Violaine si sérieuse, il s'était enfin calmé et avait repris :

– C'est ta mère qui t'envoie au marché ? Cela ne lui ressemble guère. Et voilà tout ce que tu as à vendre ?

Il avait désigné les girolles que Violaine avait débarrassées de leur terre et les merles au bec taché de sang.

– Non, monsieur. J'ai aussi un magnifique lièvre d'au moins six livres que j'allais justement sortir…

Le visage de l'homme s'était défait et il l'avait retenue de retirer l'animal du panier.

– Surtout pas, malheureuse ! N'as-tu jamais entendu parler du « défends » et ne sais-tu pas que chasser sur les terres du sire de Montgorge est interdit aux manants de ta sorte ? Tu risques gros si tu te fais attraper ! Pas plus tard que le mois dernier, on a pendu deux vauriens qui s'étaient hasardés à lui infliger pareille offense.

Violaine avait blêmi. Elle se souvenait que sa mère avait évoqué cette affaire mais n'y avait guère prêté attention.

L'homme s'était approché d'elle. Il grimaçait affreusement et les chicots qui hérissaient ses gencives semblaient autant de pierres charbonneuses et coupantes.

– Écoute-moi ! Pour l'amour de notre Seigneur Jésus-Christ, je veux t'aider.

Il avait fouillé dans sa bourse et en avait retiré deux pièces qu'il avait fourrées entre les mains de Violaine.

– Prends ceci pour ta peine. De mon côté, je m'en vais te débarrasser de ce butin mal acquis. Ainsi, tu ne courras plus aucun danger et tu rentreras chez toi le cœur léger, sans craindre qu'on te dénonce.

L'homme avait insisté sur ces derniers mots qui avaient sonné comme une menace. Il s'était baissé et avait jeté les girolles et les merles dans le panier qu'il avait soulevé. Violaine avait tenté de le retenir.

– Eh, mon panier n'est pas à vendre ! Et vous me donnez bien peu pour ce que vous m'achetez.

L'homme avait haussé les épaules.

– Crois-tu que je risquerais de me promener au vu et au su de tout le monde avec un lièvre braconné sur les terres de Montgorge ? Laisse-moi maintenant ou tu t'en mordras les doigts !

Il avait tourné les talons et s'était perdu dans la foule. Violaine était restée médusée, comprenant que l'homme l'avait bernée en moins de temps qu'il n'en fallait pour le dire. Décidément, elle était naïve et ne connaissait rien aux usages des villageois !

Surprenant des sourires goguenards, la sauvageonne avait été tentée de repartir sur-le-champ mais le souvenir du ruban était revenu la hanter. Elle avait parcouru les éventaires et repéré celui d'un marchand de colifichets. Les yeux brillants, elle lui avait demandé si, par hasard, il n'aurait pas un ruban vert à vendre. L'homme avait fouillé dans un sac et en avait sorti une poignée de minces bandes de velours luisant. Il y en avait de toutes les couleurs, qui accrochaient joliment les rayons de soleil. Le cœur battant, Violaine avait aperçu celui dont elle rêvait depuis si longtemps. Exactement la nuance qu'elle désirait !

Elle avait marchandé et l'homme, attendri par sa jeunesse et sa beauté, avait accepté les deux piécettes, soupirant et jurant qu'on lui arrachait l'âme. Violaine avait vu son argent disparaître dans la main tendue. Adieu les oublies qu'elle se faisait une fête de rapporter à sa mère !

Elle avait tourné les talons. Un garçon avait tenté de nouer la conversation avec elle mais Violaine l'avait toisé et s'était empressée de quitter le village. Une demi-heure de marche en allant bon train lui suffirait pour arriver en terrain connu. Ensuite, ses bois ne seraient plus qu'à quelques lancers de caillou.

Violaine atteignait la plaine quand elle avait entendu des éclats de voix dans son dos. Elle s'était retournée et les avait vus qui fondaient dans sa direction. L'un des trois était ce garçon qui lui avait adressé la parole, tantôt. Sans demander son reste, elle avait détalé. Leurs faces cramoisies l'avaient renseignée sur leurs intentions et elle avait compris que son salut résidait dans la fuite.

Il lui semblait qu'elle courait depuis des heures. La terreur, ajoutée à la douleur lancinante qui taraudait son flanc droit, lui faisait perdre le sens des réalités. Bientôt, elle serait forcée de s'arrêter pour reprendre son souffle.

En passant à l'aplomb d'un immense chêne, elle s'emmêla les pieds dans les racines qui s'étiraient à la surface comme de gros serpents onduleux et roula dans la poussière.

Le temps qu'elle se relève, ils étaient là. Violaine poussa un cri si perçant qu'ils s'immobilisèrent. Elle s'adossa au tronc de l'arbre. Au moins, ils ne pourraient la prendre à revers.

Les trois marauds se disposèrent en demi-cercle. Leurs visages étaient congestionnés et une épouvantable odeur de crasse et de sueur émanait d'eux. Le plus âgé des deux frères ramassa une branche cassée et faucha l'air.

– Alors la sorcière, commença-t-il, on ne se montre plus si fière ! A-t-on décidé d'être moins farouche avec ses soupirants ? Permets-moi de me présenter : je suis messire Arnaud, pour te servir. Voici mon frère

Guillaume et notre ami Renaud le roux, qui nous accompagne. Tous trois, nous sommes désireux d'honorer ta beauté.

Ses compagnons gloussèrent.

Il s'approchait d'elle, lèvres tendues, comme pour lui dérober un baiser, quand Violaine lui décocha un coup de genou dans le bas-ventre et lui cracha à la figure.

Le jeune homme se plia en deux puis, toujours courbé, il recula en grimaçant de douleur et s'essuya la face. Les deux autres n'avaient pas bougé mais leurs yeux jetaient des éclairs de rage. Arnaud se redressa avec peine. De son bâton, il frappa à plusieurs reprises la paume de sa main. Le sourire qui déformait sa bouche était de fort mauvais augure.

– Parfait, jolie sorcière. Tu veux la guerre ? Eh bien, tu vas l'avoir ! Nous allons te traiter comme le méritent ceux de ton espèce…

DU SANG SUR LA PIERRE

– Hé ho, les garçons ! Qu'est-ce que vous fabriquez dans la cave ? J'étais morte d'inquiétude !

Leur mère s'approchait d'eux, une torche électrique à la main.

– Ça fait dix minutes que je suis rentrée et que je vous appelle ! Vous êtes sourds ou quoi ? Encore heureux que j'aie aperçu un rai de lumière sous la porte. C'est malin de l'avoir refermée derrière vous !

– Mais je ne l'ai pas refermée, balbutia Quentin.

– Tu as dû le faire sans t'en rendre compte ! trancha son frère d'une voix lointaine.

Une fois de plus, Quentin ne le contredit pas, jugeant inutile d'envenimer le débat.

– Tu as vu comme c'est grand, maman ? Il y a facile six cents mètres carrés. En plus, on vient de découvrir une ouverture avec Nico. Tu veux bien l'éclairer ?

Cédant à la curiosité, Jeanne alluma sa torche qu'elle dirigea en direction du mur. Il avait été percé puis étayé, de manière à permettre le passage. Les boîtes qu'avait cru discerner Quentin étaient en réalité des moellons descellés puis déposés au sol. Un câble électrique relié au dernier plafonnier disparaissait par l'ouverture.

– Regardez, dit Mme Daurevilly, la lumière a été installée ici aussi.

Elle s'approcha, balaya la muraille de sa lampe et pointa le doigt vers un boîtier gris.

– Voici l'interrupteur ! Espérons qu'il fonctionne.

Elle le pressa sans trop d'illusions. Une vive clarté jaillit aussitôt de l'encadrement. Excitée, Jeanne le franchit, suivie de ses deux fils.

La pièce qu'ils découvrirent était de dimensions plus modestes que la précédente. À droite, contre le mur, on avait remisé un curieux fourneau en forme de tour. Un conduit d'évacuation courait le long de la paroi jusqu'à la voûte. Des bouches d'aération d'une vingtaine de centimètres de diamètre avaient été ménagées en plusieurs endroits. Un parfum fade et métallique flottait dans l'air.

« Ça sent comme dans un abattoir », pensa Jeanne qui était dotée d'un odorat particulièrement développé. Elle n'eut pas le temps d'approfondir cette idée saugrenue.

– Qu'est-ce que c'est que ça ? interrogea Quentin.

Sa mère observa l'étonnante construction que son fils lui indiquait.

– Il me semble que c'est un athanor, une sorte de fourneau dans lequel on entretenait un feu qui ne devait jamais s'éteindre.

– J'ai déjà entendu ce nom quelque part, dit Quentin.

– Peut-être en cours d'histoire ou alors en discutant avec ton père. Il possédait deux ou trois livres sur le sujet.

– Et ça servait à quoi, cet athanor ?

Jeanne contempla son fils avec résignation. Quentin allait jubiler.

– À mener des recherches alchimiques... Tu devrais savoir de quoi je parle, la pierre philosophale, le grand œuvre, la transmutation du plomb en or, l'immortalité ! Toutes ces histoires qui remplissent les romans dont tu te gaves !

Quentin faillit en tomber à la renverse.

– Je n'y crois pas ! exulta-t-il. On est dans le laboratoire d'un alchimiste ! Si ça se trouve, il y a des trésors à découvrir, des passages secrets, des...

– Ne t'emballe pas, l'interrompit sa mère. Je t'ai dit que la maison est classée monument historique. Elle a sûrement été explorée de fond en comble par des spécialistes. Je te rappelle que l'oncle de Vincent était médiéviste. On cherchera dans sa bibliothèque s'il est fait allusion à cette pièce, je te le promets. Il y a...

Ses yeux s'étaient portés sur le sol et elle s'interrompit soudain pour le scruter avec attention.

– Tiens, regardez ça ! C'est étonnant, non ?

Certaines dalles, d'une teinte plus claire que les autres, dessinaient une figure octogonale. Des motifs y étaient sculptés. Ils identifièrent un aigle, un lion, un serpent couronné, un corbeau, un loup, un cygne, un serpent qui se mordait la queue, des étoiles de formes variées, un dragon.

– Je n'en connais pas le sens, expliqua Jeanne, mais je me souviens avoir lu que ces signes possédaient une valeur symbolique pour les alchimistes.

Au centre de la figure, on avait encastré une dalle gravée d'un visage ricanant : celui d'un homme horriblement laid. Elle était d'une étrange couleur rougeâtre et sa texture différait des autres. Jeanne s'inclina pour mieux l'observer. La roche présentait une apparence spongieuse.

– On dirait de la pierre ponce ! s'étonna-t-elle. Qu'est-ce que vous en pensez ?

Nicolas ne prit pas la peine de répondre. Il semblait ailleurs. Quentin s'accroupit et étudia la pierre.

– Moi, je trouve qu'elle ressemble à un vieux champignon à moitié pourri. Tu paries que si on appuie dessus, il va en couler un jus répugnant ?

De son ongle, il la tapota puis il tenta de la rayer, sans succès.

– En fait, elle est aussi dure que du métal !

Son frère s'accroupit à son tour.

– C'est quoi ça ? demanda-t-il.

Nicolas montrait le visage stylisé. Un minuscule reflet animait l'un des yeux. Quentin frissonna, on aurait dit qu'une vie maléfique habitait cette pupille minérale. Il risqua une boutade :

– Au moins un diamant de quarante carats, vu son éclat. On va le revendre et se faire un max d'argent !

Nicolas n'eut pas l'ombre d'un sourire. Il se pencha et tendit la main.

– Aïe, je me suis coupé ! hurla-t-il en se redressant d'un bond.

De sa main gauche, il tenta d'étancher le sang qui poissait sa blessure. Son visage était d'une pâleur mortelle. Trois gouttes écarlates s'écrasèrent sur la bouche grimaçante sculptée dans la pierre et Quentin ne put contenir un rictus de dégoût. Jeanne fouilla dans la poche de son jean. Elle en sortit un mouchoir qu'elle noua autour de l'index entaillé de son fils.

– Quel idiot tu fais !

Elle observa les traits livides de Nicolas.

– Dis, tu ne vas pas t'évanouir ? Allez, on remonte ! Je vais désinfecter cette plaie et te donner un morceau de sucre, on a assez joué les explorateurs pour aujourd'hui.

Quentin aida sa mère à soutenir son frère et ils repartirent en direction de l'escalier. Ils étaient à mi-distance quand Jeanne s'exclama :

– Zut ! On a oublié d'éteindre la lumière.

Ils se retournèrent. Un rectangle jaune se découpait sur la muraille.

– Tu veux bien y aller, Quentin ?

Le garçon hocha la tête et courut jusqu'au fond de la salle tandis que sa mère et son frère reprenaient leur marche. Il était sur le point d'appuyer sur l'interrupteur quand le désir de revoir une dernière fois l'athanor le saisit. Quentin franchit le seuil et se figea. Il lui semblait percevoir une présence. Ce n'était pas une certitude, plutôt une intuition, une sensation diffuse et pesante.

– Arrête de délirer ! dit-il avec agacement.

Entendre le son de sa voix le rassura mais, à cet instant, un mouvement attira son attention. Il leva la tête et vit deux yeux fixés sur lui.

Plaquant sa main sur la bouche, Quentin étouffa de justesse un hurlement. Perché en haut de l'athanor, un chat l'observait. Ses iris verts étincelaient et il se léchait les babines avec insouciance. L'animal ressemblait à celui qui avait effrayé sa mère, la veille. Mais comment était-il entré dans la cave ? s'interrogea Quentin. Il n'y était pas quand ils étaient descendus, Nicolas et lui.

– Minou, minou...

Quentin tendit la main et avança à pas mesurés en direction du félin. D'un bond, celui-ci se dressa sur ses pattes. Sa fourrure se hérissa et il fila vers un conduit d'aération. En une seconde, il avait disparu.

– Je comprends maintenant par où tu passes ! s'écria Quentin. Et un mystère élucidé, un !

Il était sur le point de quitter la pièce, quand ses yeux s'attardèrent sur le sol.

Plus que jamais, le visage paraissait ricaner. Mal à l'aise, Quentin s'approcha pour l'observer de plus près. Il en resta bouche bée.

Les trois gouttes de sang qui, quelques minutes auparavant, maculaient les dents gravées dans la pierre s'étaient évaporées. Quentin s'agenouilla, cherchant une trace d'humidité sur la dalle. Une simple tache.

Il n'y avait rien.

Rien d'autre que ce sourire inquiétant et moqueur.

CAUCHEMAR ÉVEILLÉ

La cloche de l'église égrena neuf coups. Quentin s'étira, consulta l'heure au cadran de sa montre et quitta son lit. Bâillant à fendre l'âme, il poussa les volets et posa ses coudes sur l'appui de la fenêtre. Pas un nuage ne flottait dans le ciel et un vent léger rafraîchissait l'atmosphère.

– Un temps à se balader ! s'exclama-t-il ravi.

Il gagna le couloir et passa chercher Nicolas pour le petit déjeuner. En temps normal, son frère était rivé dès l'aube devant son ordinateur portable, occupé à écrire des pages HTML pour son site personnel ou à désosser un virus récupéré sur Internet afin d'en comprendre l'architecture. Mais lorsque Quentin ouvrit la porte, il trouva la pièce plongée dans l'obscurité. Une odeur lourde, un peu âcre, le saisit à la gorge et il se demanda si Nicolas n'était pas malade. Seule une touffe de cheveux emmêlés dépassait des draps.

– Eh, Nico, il est tard. Tu viens, j'ai la dalle !

Pour toute réponse, son aîné se contenta d'un grognement dissuasif et se retourna.

– Message reçu !

Quentin dévala les escaliers et entra dans la cuisine. Sa mère était attablée devant un bol de thé et beurrait une tartine grillée.

– Ton frère dort toujours ?

– Oui. Et il a l'air de super mauvais poil...

– On va le laisser tranquille. Je crois que sa mésaventure d'hier soir l'a contrarié. Il avait un peu de fièvre quand il s'est couché et je lui ai donné deux cachets d'aspirine.

Elle se leva pour rapporter du lait, un bol et une boîte de céréales.

– Merci m'man. Tu as l'air crevé toi aussi...

Jeanne lui tendit un verre de jus d'orange et répondit :

– J'ai fait des cauchemars toute la nuit. Des cauchemars horribles dont je n'ai gardé aucun souvenir au réveil.

Quentin se rembrunit. Lui aussi avait rêvé. Des images indistinctes de flammes, de corps tordus par la souffrance, de visages monstrueux, virevoltèrent à la limite de sa claire conscience puis s'évanouirent aussitôt. Un drôle de nom trottait dans sa cervelle : Azel ou Azaz...

Bah, une fois de plus, son imagination s'en était donné à cœur joie et la découverte du laboratoire était une invitation à inventer les pires fadaises !

La veille au soir, le mystère des gouttes de sang l'avait préoccupé un long moment jusqu'à ce que l'évidence s'impose : le chat ! C'était le chat qui avait lapé le sang de Nicolas sur la pierre... Voilà pourquoi il se pourléchait quand il l'avait découvert. C'était dégoûtant mais on ne pouvait guère mieux attendre d'une bête à moitié sauvage qui ne devait pas manger tous les jours à sa faim.

Quentin dévora ses céréales et avala d'un trait le lait qui restait dans son bol. Le soleil qui entrait à flots par la fenêtre de la cuisine dissipa les sortilèges de la nuit et le ragaillardit.

– C'est jour de marché, ce matin. Ça te dirait de venir avec moi ? proposa Jeanne.

Quentin songea à la bibliothèque de la tour nord et aux mystérieux bouquins qu'elle renfermait. Il serait volontiers monté y fureter mais il ne se sentait pas le droit de laisser tomber sa mère alors qu'ils n'étaient à Comberoumale que depuis deux jours. Son père et elle avaient adoré flâner des heures durant, main dans la main. Il n'avait pas envie qu'elle arpente seule les rues de cette ville, le moral en berne.

– Bien sûr ! répondit-il avec chaleur.

Leur toilette achevée, Jeanne et Quentin franchirent le portail et remontèrent la rue des Bas-Fossés.

Elle était inondée de lumière et, en dépit de l'heure matinale, la chaleur était accablante. Comme ils passaient devant la dernière demeure, ils croisèrent une vieille dame qui en sortait et s'arrêta subitement. Elle avait pâli en les voyant et dévisageait Quentin avec une telle intensité qu'il en fut embarrassé. Il baissait les yeux quand une évidence s'imposa à son esprit : « C'est celle qui nous espionne depuis deux jours. »

De son côté, sa mère ralentit le pas, se doutant que leur voisine allait les interpeller.

– Bonjour madame, bonjour jeune homme ! C'est vous qui occupez la maison de Vincent Leplessis ?

Elle avait posé sa question d'une voix qui se voulait enjouée mais Quentin y devina un tremblement d'excitation ou d'anxiété.

– Bonjour madame, répondit Jeanne en lui tendant la main, imitée par Quentin.

La vieille femme le fixa de ses yeux verts et il s'empourpra tant il sentit d'émotion dans son regard.

– Nous sommes ses locataires pour quelques semaines, continua sa mère. Je suis Jeanne Daurevilly et voici mon fils Quentin.

– Il m'avait semblé voir arriver avant-hier soir une voiture immatriculée à Paris. Je m'appelle Mme de Varonnet. J'ai bien connu l'oncle de Vincent Leplessis et je suis heureuse de voir qu'une si belle maison ne reste pas inhabitée.

Quentin s'écarta pour les laisser poursuivre leur conversation, observant à la dérobée leur interlocutrice. Mme de Varonnet avait dû être très belle. Sa chevelure blanche ramenée en chignon et son visage ridé trahissaient un âge avancé mais son regard pénétrant, sa poignée de main énergique, sa silhouette fine et droite, la vivacité de ses propos et de ses gestes démentaient cette première impression. Elle entretint sa mère des commerces situés à proximité puis elle lui demanda s'ils appréciaient leur nouveau foyer.

Un tintement de cloches lointain, sans doute venu de l'église, se mêla soudain à sa voix chantante. D'abord, Quentin n'y prêta pas attention mais le carillon devint si sonore qu'il couvrit les menus bruits de la rue. Les deux femmes bavardaient comme si de rien n'était et ne paraissaient pas l'entendre.

Le carillon faisait maintenant un vacarme épouvantable et Quentin eut envie de se boucher les oreilles, sans trouver l'énergie de lever ses mains. Bientôt, les échos sonores se transformèrent en sifflements aigus. Il voulut appeler sa mère, aucun son ne sortit de sa bouche. Son crâne était sur le point d'éclater quand le tintamarre s'arrêta net, remplacé par un silence absolu.

Et l'impossible se produisit...

La tête de Mme de Varonnet parut se dédoubler. L'une d'elles pivota dans sa direction, comme si elle était fixée sur un axe parfaitement huilé, et le dévisagea. La vieille dame n'avait cependant pas bougé d'un pouce et s'adressait toujours à sa mère, la regardant bien en face ! Quentin crut qu'il allait se trouver mal. C'était comme s'il y avait eu deux Mme de Varonnet que lui seul pouvait voir. La première échangeait des banalités avec sa mère tandis que la seconde déclara, dans un curieux chevauchement de voix :

– Écoute-moi, jeune homme, tu n'es pas en train de rêver. Va dans la bibliothèque de M. Leplessis. Tu y trouveras un ouvrage intitulé *Les heures noires de Comberoumale*. Lis les pages consacrées à Jacques Guernière et tâche de te souvenir. Si tu n'y parviens pas, viens chez moi. Je t'attends.

Ses paupières se baissèrent et elle se tut. Quentin fut victime d'un éblouissement lorsque les bruits de la rue emplirent de nouveau ses oreilles.

– On y va, Quentin ? demanda sa mère en passant un bras autour de ses épaules. Tu as l'air de dormir debout ! Au revoir, madame de Varonnet. Venez quand vous voudrez, vous êtes la bienvenue.

La vieille dame lui adressa un salut amical avant de s'éloigner. Quentin, ahuri, sentit ses jambes mollir et manqua s'étaler par terre. Sa mère le retint.

– Qu'est-ce qui t'arrive ? Tu es blanc comme un linge.

Alarmée, elle posa sa main sur le front de son fils.

– Et tu es couvert de sueur ! Tu veux qu'on rentre à la maison ?

– Non, ce n'est rien. Je ne suis pas encore habitué à la chaleur…

Quentin s'efforçait de faire bonne figure, mais en réalité il était terrifié. Comment définir ce qui venait d'arriver ? Un trouble de la vision, une illusion, un délire, un cauchemar éveillé ? N'était-il pas en train de devenir fou ?

Quant au bouquin que la vieille femme avait cité… Quel en était le titre déjà ? Ah oui ! *Les heures noires de Comberoumale* ! De quoi devait-il se souvenir ? Et pourquoi, d'ailleurs ?

Il respira profondément. Dès qu'il en aurait l'occasion, il fouillerait la bibliothèque. Si ce livre n'existait pas, c'est qu'il avait eu une hallucination.

– Tu es sûr que ça va ou tu préfères rentrer ? insista sa mère.

– Ça va, m'man, promis. Pas la peine de s'affoler.

– D'accord, mais dès qu'on trouve un café, je t'offre un double jus de fruit bien sucré !

Ils se remirent en route. À peine avaient-ils atteint l'angle de la rue que sa mère lui glissa :

– Elle est incroyable, cette vieille dame. Quelle énergie pour son âge ! Et elle a l'air incollable sur l'histoire de Comberoumale. Je lui ai raconté notre découverte d'hier mais il semble que c'est banal ici, le sous-sol est truffé de caves et de galeries. Elle m'a en tout cas déconseillé de vous y laisser traîner. D'après elle, il y a des problèmes de ventilation et on peut s'asphyxier sans même s'en rendre compte. C'est déjà arrivé, paraît-il, à des gamins du coin qu'on a retrouvés morts.

– N'importe quoi ! Hier soir on n'a eu aucun problème et il y a des conduits d'aération dans les…

– Écoute, Quentin, le coupa-t-elle, je n'ai pas l'intention de vous laisser prendre le moindre risque, ton frère et toi, je tiens trop à vous ! Mme de Varonnet sait de quoi elle parle ! Je vous interdis de retourner dans cette cave. De toute façon, ça m'étonnerait beaucoup que ton frère y remette les pieds après ce qui lui est arrivé.

Quentin bougonna mais ne jugea pas nécessaire de contredire sa mère. Bizarre quand même, la mise en garde de cette Mme de Varonnet ! Elle aurait voulu que Jeanne leur interdise l'entrée du laboratoire, à Nicolas et lui, qu'elle ne s'y serait pas prise autrement…

UN RÊVE PRÉMONITOIRE

– Parfait, jolie sorcière. Tu veux la guerre ? Eh bien, tu vas l'avoir ! Nous allons te traiter comme le méritent ceux de ton espèce...

Arnaud fit signe à ses compagnons de reculer et se campa face à Violaine qui soutint son regard sans ciller. Il leva alors son gourdin et voulut lui porter un coup aux jambes. Il n'en eut pas le temps, Violaine tendit l'index et prononça quelques mots. Arnaud sentit le gourdin devenir brûlant. Avant qu'il n'ait eu le temps de le lâcher, celui-ci s'embrasa. Les flammes mordirent ses doigts, lui arrachant un hurlement.

Le maraud recula, serrant contre sa poitrine sa main blessée. À peine eut-il touché terre que le bâton grésilla et s'éteignit. Il était noir et tordu, comme si on l'avait retiré d'un bûcher.

– C'est donc vrai que tu es une sorcière ! gémit Arnaud.

Son désir s'était mué en peur. Une peur qui devint aussitôt haine inextinguible.

– Nous allons te renvoyer à ton maître. Aidez-moi, vous autres !

Il se baissa et saisit un gros caillou. Qu'importaient sa paume et ses doigts douloureux, il écraserait la sorcière comme de la vermine et débarrasserait ce monde de sa face maudite ! Les deux autres l'imitèrent.

– On verra si tu es capable de bouter le feu à ces pierres ! ricana-t-il.

Violaine recula jusqu'à ce que son dos heurte le tronc du chêne. Elle évalua ses chances de se faufiler entre les trois garçons et de leur échapper. Elles étaient minces. Quant à les affronter à mains nues, c'était impensable : chacun d'eux lui rendait au moins soixante livres. Dans son affolement, elle avait employé un sort qu'elle avait vu sa mère pratiquer mais elle n'en connaissait pas d'autre. Arnaud avait raison. Cet enchantement serait inefficace pour arrêter les projectiles qu'ils s'apprêtaient à lui jeter.

– Laissez cette enfant tranquille !

Les trois vauriens suspendirent leur geste et se retournèrent. Un homme blond, de haute taille, les observait. Son visage était harmonieux et ses yeux en amande brillaient de colère. Un pourpoint de drap bleu serré à la taille par une ceinture de cuir mettait en valeur ses larges épaules. Ses jambes musclées étaient prises dans des chausses grises et il portait de solides bottes de marche. Bien qu'il s'appuyât sur un bâton semblable à un bourdon de pèlerin, son allure était celle d'un riche bourgeois. Arnaud lui lança :

– Ne vous laissez pas abuser, monsieur. Cette enfant, comme vous dites, est une créature du Malin !

– Elle n'en a pas l'apparence, répondit l'homme avec flegme. Je ne vois qu'une jeune fille terrifiée par trois gredins. Si créature du diable il y a, elle n'est pas là où l'on croit !

Arnaud éprouva une sorte d'éblouissement. Il lui semblait avoir déjà vécu cette scène, entendu ces mots mais c'était une vieille femme aux longs cheveux blancs jaillie de derrière le grand chêne qui les prononçait. Une vieille femme tenant un bâton identique à celui de cet homme ! Il chassa cette vision absurde et poussa un juron. Lâchant son caillou, il porta sa main à sa taille et vérifia que son couteau se trouvait bien sous ses vêtements.

– Prenez garde ! explosa le roux, elle serait capable de vous ensorceler. À l'instant, elle a enflammé le gourdin avec lequel Arnaud allait la corriger. C'est une jeteuse de maléfices !

– Vous avez abusé du mauvais vin ! répliqua l'homme. J'étais là quand votre ami a voulu la frapper et je n'ai rien vu de la sorte.

– Et cela, qu'est-ce donc ? rugit Arnaud qui ramassa le gourdin et le montra à l'inconnu.

La stupeur le laissa pantois. Le bâton qu'il tenait entre ses doigts rouges et cloqués ne portait pas la moindre trace de combustion. Violaine elle-même poussa un cri de surprise. C'était comme si elle n'avait jamais jeté de sort !

– Voici effectivement un excellent bâton avec lequel vous mériteriez que je vous rosse, menaça l'inconnu. Restons-en là et disparaissez. Vous avez assez terrorisé cette enfant !

Les trois marauds échangèrent des regards sournois. Guillaume, le frère d'Arnaud, tira de sous son bliaud un coutelas qu'il y avait dissimulé. Les deux autres firent de même et considérèrent leur interlocuteur avec un sourire goguenard.

– Vous allez regretter de vous être mêlé de cette affaire, messire.

L'homme ne parut pas impressionné par la menace. Il considéra leurs armes avec amusement.

– Voilà qui est mieux ! Vous montrez enfin qui vous êtes vraiment : des crapules de la pire espèce. J'aurai moins de remords à vous infliger une bonne correction.

Renaud le roux n'attendit pas qu'il ait fini sa phrase et se jeta sur lui, la lame brandie. Mal lui en prit. Le bourdon décrivit un arc de cercle et percuta sa mâchoire avec un claquement sec avant de frapper son front. Il partit à la renverse et roula à terre, inconscient. Violaine profita de l'ébahissement des deux frères pour ramasser une poignée de terre sèche et la leur jeter à la figure. Ils beuglèrent, toussèrent, les yeux larmoyants, jusqu'à ce que l'inconnu les étourdisse d'un coup de bâton bien appliqué derrière les oreilles.

– Merci de ton aide, jeune fille !

– C'est plutôt moi qui devrais vous remercier, rétorqua Violaine. Je vous dois la vie.

– Tu ne me dois rien. Mais trêve de politesse. Ces pendards ne tarderont pas à se réveiller. Mieux vaut mettre quelque distance entre eux et nous !

L'homme se tourna vers le chêne dont les basses branches effleuraient le sol.

– Je n'oublierai jamais cet arbre. C'est un joli lieu pour une rencontre. Qu'il nous porte chance !

Un sourire aux lèvres, il prit Violaine par la main et ils s'éloignèrent à vive allure. Enfin, comme ils apercevaient la lisière des bois, son sauveteur rompit le silence :

– Dis-moi maintenant, où habites-tu, la belle ?

– Dans la forêt des Fadettes. J'y vis avec ma mère.

Son compagnon s'arrêta et la dévisagea.

– Tu es donc la fille de celle qu'on nomme la Galafre ? Je comprends mieux ce que tu as fait avec ce bâton, quand cette fripouille a essayé de te frapper.

– Ainsi, vous avez vu...

Violaine tourna vers lui des yeux étonnés. Elle ne lisait ni crainte ni menace sur le visage de l'étranger.

– Et vous ne me redoutez pas comme les autres ?

– Pourquoi te redouterais-je ? C'est moi qui ai annulé ton sort. Nous sommes de la même famille, ma chère.

Il lui sourit et répéta :

– De la même famille... Allons, je te ramène chez ta mère. J'aurai plaisir à la connaître. Nous autres vivons trop en solitaires.

L'inconnu repartit d'un bon pas et Violaine le suivit, abasourdie par ces paroles sibyllines. Comme ils approchaient de ses bois, elle s'exclama :

– Nous ne nous sommes pas dit nos noms !

– C'est juste. Pardonne mon impolitesse. Je me nomme Jacques Guernière et, pour tout un chacun, je suis marchand de drap à Comberoumale, une jolie cité sise à trois lieues d'ici. Et toi, quel est ton nom ?

– Violaine, je n'en ai pas d'autre. Par quel miracle êtes-vous passé à l'endroit où ces misérables m'avaient rattrapée ?

Sans s'arrêter, Jacques cueillit un brin d'herbe qu'il mâchonna avant de répondre :

– Je ne vois pas d'autre mot que miracle, précisément ! La nuit dernière, aux petites heures de l'aube, j'ai fait un songe étrange, si réel qu'à mon réveil j'avais l'impression de ne pas avoir rêvé. Une vieille femme très belle m'est apparue.

Il effleura la joue de Violaine.

– Elle te ressemblait comme une sœur. Une sœur qui aurait soixante ans de plus que toi et les cheveux blancs comme neige ! Elle me conseillait de me promener près de la forêt des Fadettes, très précisément vers le grand chêne où je t'ai trouvée. Mon destin en dépendait, affirmait-elle. J'aurais pu envoyer ces idées folles aux orties mais je suis d'un naturel fantasque, et j'ai décidé de découvrir ce qui m'attendait. Bien m'en a pris. Quand je suis arrivé, tu contrais la première attaque du grand brun. Avec talent, d'ailleurs ! Mais comme ils étaient trois et que la situation risquait de s'envenimer, je me suis permis d'intervenir.

La jeune fille hocha la tête, impressionnée par cet homme si beau, qui semblait si bon et si généreux, et qui lui tenait des propos si surprenants.

– Moi aussi, souffla-t-elle, il m'arrive de faire des rêves étranges. Que vouliez-vous dire quand vous avez assuré que nous sommes de la même famille ?

– Simplement que nous partageons certaines connaissances qui échappent au commun des mortels et que nous nous efforçons de ne pas en faire état.

Ils s'enfoncèrent dans la forêt et l'air se rafraîchit. Violaine huma avec délectation les odeurs de champignons, de feuilles putréfiées et de terre humide qui y flottaient. Bientôt la végétation s'épaissit et les chemins s'effacèrent. L'adolescente se déplaçait avec agilité, aussi vive qu'un animal sauvage, et se repérait sûrement dans le lacis de sentiers invisibles pour le non-initié.

– Tu es ici dans ton royaume, s'amusa Jacques. Qu'étais-tu allée te perdre à Sauveterre ?

Avec un soupçon de provocation, elle lui montra le ruban vert qu'elle n'avait pas lâché, même quand les trois pendards la menaçaient.

Son compagnon éclata de rire.

– Et c'est pour cette babiole que tu as risqué la mort ? Rappelle-moi de t'en rapporter un plein sac la prochaine fois que nous nous verrons !

Violaine ouvrait la bouche pour le remercier quand une voix furibonde s'éleva :

– De quel droit offrez-vous des présents à ma fille ?

LA BLESSURE

Nicolas émergea du sommeil avec difficulté. Il lui semblait être englué dans une substance poisseuse. Ses membres étaient lourds, comme coulés dans le plomb. Au prix d'un laborieux effort, il se redressa et s'assit, le dos calé contre le mur. Très lentement, l'intolérable sensation de pesanteur l'abandonna et sa conscience embrumée s'éclaircit. Il tendit l'oreille. Pas d'éclats de voix, pas de tintement de vaisselle ni de musique. La maison était silencieuse et il comprit qu'il était seul. Sa mère et Quentin étaient sortis.

Son index blessé le picotait. Il alluma sa lampe de chevet et désentortilla le pansement. Les lèvres de la plaie étaient rouge sombre et il en suintait un liquide qui exhalait une odeur inconnue, aromatique.

– Bah, rien de grave ! marmonna-t-il. Papa se ficherait de moi s'il était là.

Il remit gauchement le bandage en place et s'habilla, songeant aux rêves qui avaient hanté son sommeil. Ils lui revenaient par bribes. Images effilochées d'architectures cyclopéennes. Statue étrange, immense, à la tête cornue, au rictus sardonique. Une série de scènes violentes aussi, dérangeantes, qu'il essaya de chasser de sa mémoire. Une silhouette indistincte et amicale enfin, à la voix douce, aux intonations familières. Une voix qui lui rappelait celle de son père. Une voix qu'il espérait entendre encore, au hasard de ses nuits, tant elle l'apaisait.

Nicolas descendit à la cuisine. Curieusement, il n'avait pas faim alors qu'en temps normal il s'offrait des petits déjeuners pantagruéliques. Il se contenta d'un verre de jus d'orange et resta assis, les yeux dans le vague, sentant monter l'ennui.

Pourquoi sa mère et Quentin ne l'avaient-ils pas attendu pour sortir ? se demanda-t-il avec une pointe d'amertume. Peut-être avaient-ils envie de se retrouver sans lui. Il savait que sa mère tolérait mal leurs disputes quotidiennes. D'ailleurs, le plus souvent, elle prenait le parti de Quentin sous prétexte qu'il était le plus jeune. Oui, c'était ça ! Ils étaient partis en catimini pour ne pas avoir à supporter sa présence.

Il erra dans le salon, désœuvré, remâchant sa rancœur, et allait remonter dans sa chambre quand une irrépressible envie de retourner dans la salle souterraine s'empara de lui. Il dévala l'escalier qui menait à la cave, au risque de se rompre le cou. L'écho de ses pas se répercuta sur les murs quand il traversa la grande salle. Un souffle d'air frais chargé d'effluves épicés s'échappait par l'ouverture pratiquée dans le mur et d'infimes bruissements troublaient l'atmosphère silencieuse.

Nicolas alluma le plafonnier et pénétra dans le laboratoire.

La face gravée sur la dalle se détachait avec dureté, comme si on en avait souligné les lignes avec un objet tranchant tandis que les figures qui l'entouraient avaient perdu en netteté.

Une voix murmurait dans sa tête, lointaine, assourdie par la distance. Il se plaça devant la pierre où grimaçait le visage et ôta son bandage. Son doigt l'élançait et il remarqua que la blessure s'était remise à saigner. Il tendit la main et laissa son sang tomber sur la face ricanante. Aussitôt, la douleur s'atténua et l'hémorragie cessa.

Nicolas s'accroupit et observa la pierre. Lentement, le sang s'y infiltra, comme absorbé par un buvard. Lorsque la dernière goutte se fut volatilisée, il ferma les yeux. Il n'avait pas ressenti un tel calme, un tel soulagement, depuis la mort de son père. Le garçon fit courir ses doigts sur la surface rugueuse et frissonna. Cette pierre était dotée d'une étonnante propriété : elle apportait la paix à ceux qui lui donnaient un peu de leur sang. Fallait-il qu'il en parle à sa mère, à Quentin ? Fallait-il partager avec eux son merveilleux secret ?

Non, certainement pas ! Ils ne le comprendraient pas. Pire, ils lui déconseilleraient sans doute de revenir ici.

Et cela, il ne l'accepterait pas !

D'ailleurs, il ne fallait pas qu'ils soupçonnent sa visite à la cave. Mieux valait remonter avant qu'ils n'arrivent.

Parvenu au rez-de-chaussée, une fatigue incompréhensible le terrassa. C'est à peine s'il trouva la force de rejoindre sa chambre et de s'effondrer sur son lit, sombrant dans un sommeil agité.

LA GALAFRE

La femme qui était apparue au milieu du layon foudroya Jacques du regard. Elle tenait à la main un bâton coiffé par une médaille de bronze. D'un mouvement brusque de la tête, elle fit voler dans son dos ses cheveux noirs mêlés de fils blancs. Jacques s'immobilisa tandis que Violaine se précipitait au cou de sa mère. Toujours sur ses gardes, la Galafre le scrutait avec un air de défi.

Âgée d'une trentaine d'années, elle avait quelque chose de ces femmes d'Andalousie que Jacques avait admirées lors de ses voyages à Cordoue : le teint bistre, la prunelle sombre et brûlante, le profil droit, ferme et aristocratique. Et avec cela, un port de danseuse, le buste cambré, dans une attitude hautaine et désenchantée.

La Galafre était merveilleusement belle et avait transmis à sa fille son abondante chevelure sombre et la finesse de ses traits.

– Maman, expliqua Violaine, cet homme m'a sauvé la vie et...

La Galafre repoussa sa fille et s'avança en direction de Jacques. Ses yeux s'attardèrent sur son bourdon. Stupéfaite, Violaine constata que le noueux bâton de marche sur lequel Jacques s'appuyait tantôt était devenu droit et d'un beau blanc crémeux. Sur sa surface écorcée, couraient d'étranges signes gravés avec une extraordinaire adresse. Violaine vit alors sa mère s'agenouiller avec déférence et elle l'entendit murmurer :

– Pardonnez-moi, maître.

Jacques la releva aussitôt et posa ses deux mains sur ses épaules.

– Pas de maître avec moi, madame ! J'ai beaucoup entendu parler de vous. Il était écrit que nous nous rencontrerions un jour. Me ferez-vous l'honneur de m'offrir l'hospitalité ?

– Ma maison est bâtie dans une clairière, à deux pas d'ici. C'est un endroit que marchands et pèlerins évitent parce qu'on n'y trouve aucune route et qu'il est parcouru par des hordes de loups. Mais je doute que cela vous effraie !

Elle lui adressa un franc sourire puis, saisissant la main de sa fille, elle s'enfonça entre les arbres.

Les heures qui suivirent furent un enchantement pour Violaine. Jacques partagea leur souper composé d'une soupe d'herbes, d'un lapin rôti à la broche et de champignons que la Galafre avait cuisinés à l'étouffée avec de l'ail sauvage. Elle avait cuit des pains plats sur les pierres du foyer. Ils les mangèrent avec le fromage qu'elle échangeait aux paysans des fermes voisines contre des remèdes.

Les deux adultes parlèrent longuement. À son grand dépit, Violaine ne saisit pas l'ensemble des sujets qu'ils abordèrent. Elle apprit néanmoins beaucoup ce soir-là, avant que la Galafre, ignorant ses protestations, l'envoie se coucher.

La jeune fille s'endormit, bercée par le murmure de leur conversation. Ainsi, d'autres que sa mère possédaient des dons étranges. Et parmi eux, il en existait certains, très puissants, très savants, que l'on nommait les maîtres sorciers.

Jacques Guernière était de ceux-là.

Au matin, quand Jacques prit congé, il demanda à Violaine de lui remettre le ruban qu'elle avait failli payer de sa vie. Il le lissa longuement, tout en prononçant une incantation à voix basse. Ensuite, il s'approcha du foyer, traça un signe dans les airs et lâcha le morceau de tissu au milieu des flammes.

La Galafre observait cette scène sans mot dire mais elle éclata de rire quand Violaine poussa un cri de désespoir, croyant son colifichet réduit en cendres. Saisissant une tige de bois, Jacques fourgonna dans les braises et en ressortit le ruban.

Intact !

Il se dirigea vers la jeune fille ébahie et l'attacha dans ses cheveux avec douceur.

– Écoute-moi, Violaine, je reviendrai bientôt. Mais s'il t'arrive un jour d'être en danger, prends ce ruban en main et prononce trois fois mon nom. Où que tu sois, je te rejoindrai sans tarder. T'en souviendras-tu ?

Violaine inclina la tête, la gorge nouée. Elle était peinée de voir partir Jacques mais la perspective de savoir qu'elle le reverrait faisait battre son cœur. Il la serra contre lui, posa ses lèvres sur son front et sortit de la maisonnette. Violaine demeura à l'intérieur pour ne pas montrer ses larmes. La Galafre accompagna le maître sorcier jusqu'à l'extrémité de la clairière. Elle lui indiqua un sentier qui serpentait entre les arbres.

– Si vous marchez pendant une heure, toujours vers l'est, vous rejoindrez la route qui mène de Sauveterre à Comberoumale. Il ne vous restera que deux lieues à parcourir.

Un vent léger dansait dans sa chevelure. Elle poursuivit :

– Merci d'avoir protégé ma fille, Jacques. Vous êtes un homme bon. Cette nuit, vous m'avez dit que Violaine était douée pour les arts magiques. Je le sais depuis toujours et cependant…

Ses épaules s'étaient soudain voûtées, comme si elles avaient cédé sous le poids d'un secret honteux.

– … cependant il y a quelque chose que je devrai vous révéler un jour, à propos de Violaine. Serez-vous prêt à m'écouter, le moment venu ?

Le ton angoissé de sa voix surprit son interlocuteur.

– Bien entendu, répondit-il. Voulez-vous m'en parler maintenant ?

– Non, déclara la Galafre. Mais je suis heureuse de savoir que j'ai désormais un confident.

Le sorcier allait prendre congé, quand la femme le retint.

– Pardonnez-moi. Je songeais à ce que vous avez dit à Violaine, tout à l'heure… Si… s'il m'arrivait quelque chose, prendriez-vous soin d'elle ?

– Pourquoi me demandez-vous cela ? s'étonna Jacques.

Le visage de la Galafre s'assombrit.

– Je fais souvent des rêves prémonitoires, expliqua-t-elle. Ils ne m'ont jamais trompée.

Jacques la contemplait gravement.

– Quoi qu'il arrive, vous avez ma parole : je veillerai sur Violaine ! Toutefois ne vous fiez pas aux rêves, ils sont souvent menteurs.

– Pourtant c'en est un qui vous a conduit jusqu'au chêne où vous avez sauvé ma fille !

Embarrassé, le sorcier pressa son épaule et répéta :

– Ne vous fiez pas aux rêves.

– Puissiez-vous dire vrai ! murmura-t-elle tandis qu'il s'enfonçait parmi les chênes. Puissiez-vous dire vrai !

CADEAUX TRANCHANTS

Attablés à la terrasse d'un café, place des Échevins, Jeanne et Quentin savouraient l'atmosphère fraîche qui régnait sous les grands tilleuls. Non sans mal, Quentin avait réussi à évacuer l'étrange vision qui l'avait tant troublé, la mettant sur le compte de la fatigue ou de la chaleur excessive. Il n'était décidément pas raisonnable d'admettre que Mme de Varonnet puisse se dévisser la tête comme bon lui semblait.

Après avoir terminé leurs Coca, Jeanne et Quentin se promenèrent dans la vieille ville et, à plusieurs reprises, il démêla l'entrelacs des ruelles avec une telle facilité que sa mère lui demanda malicieusement :

– Dis-moi, Quentin, tu ne serais pas déjà venu à Comberoumale sans me le dire ?

Ils rejoignirent le marché où Jeanne, adepte de nourritures saines, acheta des grillades et des crudités. Avisant l'étalage d'un coutelier, elle montra les Laguiole à son fils.

– Choisis celui que tu veux puis prends-en un pour ton frère. J'ai envie de vous faire un cadeau.

Quentin, fou de joie, ne fut pas long à se décider pour un superbe couteau au manche en buis. Pour Nicolas, il préféra un manche en corne blonde striée de brun.

– Marc affirmait que les Laguiole sont les meilleurs couteaux qui soient, expliqua Jeanne avec émotion. Il aurait aimé que je vous en offre un à chacun.

Quentin passa son bras autour de l'épaule de sa mère et lui chuchota à l'oreille :

– Merci maman, ton cadeau me touche beaucoup.

À leur retour, il était un peu plus de midi et Nicolas n'était toujours pas levé. Quentin, qui monta le tirer de son lit, plaisanta sa mine chiffonnée et, pour une fois, son frère ne le prit pas mal.

Jeanne raconta leur rencontre avec Mme de Varonnet, leur promenade en ville et lui offrit le couteau. Nicolas le saisit en marmonnant un merci distrait qui agaça son frère. Le déjeuner fut silencieux. D'ordinaire, les garçons avaient une foule de choses à se raconter mais, ce jour-là, Quentin était ailleurs et Nicolas mangeait avec application sans décrocher un mot. Il était si pâle que sa mère lui demanda :

– Et cette coupure, ça s'arrange ? Tu ne veux pas que je refasse ton pansement ?

Elle désignait sa main mais il poussa un grognement irrité.

– Je n'ai plus cinq ans, je me débrouillerai parfaitement seul, répliqua Nicolas sur un ton sec.

Quentin leva un œil intrigué vers son frère. D'habitude, au moindre bobo, il adorait que sa mère le dorlote. Celle-ci se contenta d'un sourire compréhensif.

– Très bien, je ne t'embêterai plus avec ça.

Le repas achevé, Jeanne gagna la bibliothèque du rez-de-chaussée et s'allongea sur une méridienne afin de lire à son aise. Quentin la rejoignit et commença à passer les titres au crible.

– Tu cherches un livre en particulier ? s'étonna sa mère.

– Non, non. C'est juste de la curiosité. Il y a vraiment de tout ici : romans, poésie, théâtre...

Quentin n'acheva pas sa phrase. Nicolas fit irruption dans la pièce, une expression contrariée sur le visage.

– Maman, la cave est fermée et la clé n'est pas dans la serrure !

Mme Daurevilly prit le temps de tourner sa page et déclara :

– Je sais. C'est moi qui l'ai fermée en rentrant. La voisine m'a conseillé la prudence. Ces souterrains ne sont pas sûrs et je n'ai pas envie qu'il vous arrive un accident.

– De quoi elle se mêle, cette vieille folle ! s'exclama Nicolas. On ne risque rien. Pour une fois qu'on a un endroit intéressant à explorer...

Quentin observa son frère avec surprise. La veille, il n'avait pas manifesté un enthousiasme délirant à l'idée de visiter la cave.

– Cette vieille folle, comme tu le dis avec beaucoup de mépris, sait de quoi elle parle ! En attendant, c'est moi qui prends les décisions. Choisis plutôt un bon roman et repose-toi ! Quand je vois ta tête, je me dis que tu couves quelque chose.

Nicolas jeta à sa mère et à Quentin un regard irrité.

– Vous faites la paire, tous les deux, avec vos bouquins et vos conciliabules ! Je ne veux surtout pas vous déranger !

– Quels conciliabules ? s'étonna son frère.

Ignorant sa question, Nicolas sortit de la pièce en claquant la porte.

– Tu crois que je devrais lui parler ? demanda Quentin à sa mère. Il se monte la tête pour rien.

– Non, laisse-le tranquille. Je suis certaine que ce soir il aura oublié sa mauvaise humeur. Tu sais à quel point il est impulsif.

Quentin haussa les épaules et poursuivit ses investigations tandis que Jeanne reprenait sa lecture. Soulagé, il constata qu'aucun livre intitulé *Les heures noires de Comberoumale* ne se trouvait sur les rayons. Une vérification au premier étage et il aurait l'esprit tranquille !

– Maman…

– Oui ?

– Je vais faire un tour dans la bibliothèque du haut. J'aimerais bien dénicher un livre sur l'alchimie.

Jeanne faillit refuser mais elle se souvint de la réaction hostile de Nicolas. Bon, il était inutile de se mettre ses deux fils à dos. Et puis, les grimoires qui s'entassaient là-haut étaient pour la plupart écrits dans des langues inconnues de Quentin. Il s'en lasserait vite.

– Les risques d'asphyxie sont minimes, en haut, plaisanta-t-elle. C'est entendu, mais pas plus d'une heure. Ensuite, ça te dirait qu'on aille se balader tous les trois ?

– D'accord ! On en profitera pour enterrer la hache de guerre avec Nico.

Quentin posa un baiser sur le front de sa mère et fila vers l'escalier.

GUÉRISSEUSE ET SORCIER

La forêt des Fadettes, automne 1453

Dans les semaines qui suivirent le départ de Jacques Guernière, rien ne perturba la paisible retraite de la Galafre et de sa fille. L'hiver approchait à grands pas et elles se préparaient à l'affronter dans les meilleures conditions. La Galafre avait fait une large provision de bois et un imposant bûcher protégeait la façade nord de la chaumine. Violaine avait cueilli quantité de poires et de pommes, gaulé des noisettes et des noix qu'elle avait disposées sur les claies du cellier.

Elles avaient ramassé des champignons qui, enfilés sur des brins de lin, finissaient de sécher aux murs. Les pois et les fèves avaient abondamment donné. Elles en avaient récolté de pleins sacs qu'elles avaient entreposés dans le grenier avec le blé et l'orge glanés dans les champs.

Le jardin, situé au sud, était planté de choux, d'oignons, de raves et de poireaux qui se conserveraient longtemps en terre. Les collets qu'elles tendaient leur fourniraient, avec un peu de chance, lapins et lièvres à foison. Quant aux oiseaux qui agrémentaient l'ordinaire, elles les chasseraient à la fronde ou les prendraient à la glu.

Depuis la visite de Jacques, la Galafre regardait Violaine d'un autre œil. Le maître sorcier lui avait raconté la scène dont il avait été témoin. La guérisseuse s'était étonnée du sortilège que sa fille avait employé pour se défendre. Certes Violaine l'avait vue le mettre en œuvre mais jamais elle ne lui en avait enseigné le détail. Comment, dans ces conditions, avait-elle été capable de le reproduire ?

– Votre fille est douée car cet enchantement n'est pas à la portée d'une novice, avait affirmé Jacques lorsque Violaine avait été endormie et qu'ils étaient restés tous deux à veiller auprès de la cheminée. Beaucoup plus douée que vous ne l'imaginez ! Je l'ai su au premier regard.

– Admettons, avait répondu la Galafre. N'empêche que si le hasard n'avait pas voulu que vous passiez près du grand chêne, douée ou pas, elle serait morte !

– Le hasard n'a rien à voir avec notre rencontre. J'ai expliqué à Violaine qu'un rêve m'avait conduit jusqu'à elle. Qui me l'a inspiré ? Je l'ignore. Mais j'ai désormais la certitude que nous avions rendez-vous.

Jacques avait cherché les yeux de la guérisseuse.

– Apprenez-lui ce que vous savez ! C'est moi qui vous le demande. Le moment venu, je la prendrai sous ma protection et j'en ferai mon élève. Cette jeune fille ira loin, croyez-moi.

Le visage de la Galafre s'était assombri.

– J'ai toujours souhaité qu'elle soit tenue en dehors des arts magiques. Ma vie aurait été plus simple et plus heureuse si ma mère m'avait laissée ignorante. Je l'ai payé si chèrement.

– Regrettez-vous vraiment qu'elle vous ait appris ce que vous savez ? avait demandé Jacques.

Le silence avait été la seule réponse à sa question.

Malgré ses réticences, la Galafre commença dès le lendemain son enseignement. Ce qu'elle connaissait, elle le tenait de sa mère qui le tenait de la sienne, et cela depuis la nuit des temps. Elle entraîna sa fille dans l'appentis ménagé derrière la maison. Là, elle entassait le bric-à-brac qui lui servait à préparer les potions, pommades, emplâtres, cataplasmes et onguents qu'elle vendait ou échangeait contre de la nourriture.

Elle enseigna à Violaine les sorts de guérison élémentaires, le secret des décoctions qui soignent, qui endorment ou qui tuent. Elle lui montra comment appeler ou éloigner les nuages de pluie, calmer les vents, lancer les charmes d'appel, ces formules très simples qui aident à attirer les animaux, mais qu'un magicien qui se respecte n'utilise pas pour chasser. Elle lui révéla qu'il existait des sortilèges bien plus dangereux, qui permettent de convoquer des créatures redoutables, esprits et démons, ou d'invoquer les morts. Seuls les maîtres sorciers les connaissaient, et en usaient avec d'infinies précautions.

Violaine retenait tout sans que sa mère eût besoin de répéter ses explications et reproduisait les enchantements avec une sûreté que la Galafre avait mis des années à acquérir. Le maître sorcier avait raison, sa fille était supérieurement douée. Son appétit de savoir était immense et sa mère voyait venir avec tristesse le moment où elle n'aurait plus rien à apprendre et où elle la quitterait.

Lorsque la guérisseuse avait annoncé à Violaine qu'un jour Jacques l'accueillerait afin de parfaire son éducation, la jeune fille avait porté sa main au ruban qui brillait dans ses cheveux et ses prunelles s'étaient emplies d'un feu qui n'avait pas abusé sa mère. Le beau maître sorcier occupait les pensées de sa fille, bien plus que celle-ci ne l'avouait.

CELUI-QUI-VEILLE

Prostré sur son lit, Nicolas entendit son frère traverser le couloir et pénétrer dans la bibliothèque octogonale. Son souffle s'accéléra et il sentit la colère l'envahir. Sa mère avait permis à Quentin de regarder ces fichus bouquins de sorcellerie alors que, l'avant-veille, elle le lui avait interdit ! Dans cette famille, il y avait deux poids et deux mesures ! Ce matin, la balade en tête-à-tête, maintenant, le passe-droit pour la bibliothèque. Et lui ? Il ne récoltait que des interdictions et des reproches !

La perspective de descendre faire un scandale le séduisit un instant. Il y renonça. À deux contre un, le match était inégal. Et puis, il n'y avait pas moyen de discuter avec sa mère, elle avait toujours raison. Du plat de la main, il frappa le montant du lit et la douleur qui traversa son doigt blessé lui arracha un gémissement.

La pierre... Il aurait fallu qu'il retourne voir la pierre pour apaiser son irritation et sa souffrance. Trois gouttes de sang pour des heures de calme. Mais il en était privé par la faute de sa mère !

Réfrénant son envie d'entrer dans la bibliothèque et de s'en prendre à Quentin, il s'allongea sur le dos et resta quelques minutes à rêvasser, les yeux mi-clos.

Il se redressa brusquement en réalisant qu'il n'avait pas consulté ses mails.

Nicolas se connecta et ouvrit sa messagerie. Cinq mails lui avaient été adressés. Quatre provenaient de ses correspondants habituels mais le cinquième, comme la veille, ne précisait aucun expéditeur. Vite, il cliqua sur l'icône et lut :

« Explore ta table de nuit, une surprise t'y attend. »

Piqué par la curiosité, Nicolas observa le meuble. Il ne comportait qu'un tiroir qu'il ouvrit et trouva vide. L'expéditeur du message se moquait-il de lui ? Il allait repousser le tiroir quand l'idée de le retirer de son logement traversa son esprit. Il enfonça sa main au fond de l'espace libéré et ses doigts se posèrent sur un objet rectangulaire et plat : un carnet noir couvert d'une écriture serrée. Comment celui qui lui envoyait des mails pouvait-il savoir que ce carnet était là ?

Un rapide examen lui permit de comprendre qu'il avait appartenu à l'oncle de Vincent, l'historien décédé cinq ans plus tôt. Les vingt premières pages ne contenaient rien de bien passionnant. C'était le journal désabusé d'un vieil homme qui s'ennuie. Une page cependant retint son attention. Le 8 août, M. Leplessis avait écrit : *Où vont les chats ?* Avant de souligner trois fois cette phrase. Il devait être très excité car la pointe de son stylo s'était enfoncée profondément dans le papier et le verso de la feuille en était comme balafré. Après une interruption de deux semaines le journal reprenait en ces termes :

22 août

Voilà un peu moins d'une quinzaine de jours, mon attention a été attirée par un chat qui s'est introduit dans la maison en utilisant un conduit situé au pied de la façade nord. Il en est ressorti une demi-heure plus tard. Un rapide calcul m'a permis de vérifier que l'endroit coïncidait avec l'extrémité de la cave. Je l'ai explorée et n'ai trouvé aucun conduit d'aération correspondant à celui qui s'ouvrait à l'extérieur. Une question s'est alors imposée à moi : une salle était-elle dissimulée de l'autre côté du mur ?

Il me faut en avoir le cœur net. Soucieux de ne pas ébruiter mes recherches – la maison est classée et les moindres travaux doivent être déclarés aux Bâtiments de France – j'ai demandé à un vigneron chez qui je me fournis de me « prêter » son fils pour la journée de demain. Le garçon est aussi fort qu'un bœuf et parfaitement simple. Comme il habite à quarante kilomètres de Comberoumale et qu'il s'exprime très mal, les propos qu'il pourra tenir ne porteront pas à conséquence.

23 août

Ce matin, équipés de barres à mine, nous avons attaqué le mur de la cave. J'avoue n'avoir guère été efficace mais, en six heures de temps, mon gaillard a ménagé une ouverture qu'il a, sur mes conseils, fort proprement étayée. Je l'ai ensuite raccompagné chez lui, lesté du prix de sa journée. De retour, muni d'une lampe, j'ai exploré les lieux.

J'imagine que lord Carnarvon pénétrant dans la tombe de Toutankhamon n'a pas éprouvé plus grande allégresse que la mienne. Hélas, la pièce était vide de tout mobilier. J'allais me laisser aller à la déception quand j'ai aperçu une vingtaine de volumes posés dans un angle. Ils sont marqués au fer et portent les initiales J.G.

Tout d'abord incrédule, j'ai rapidement compris que ces livres avaient appartenu à un drapier nommé Jacques Guernière auquel la légende familiale prétend que nous sommes apparentés et dont le destin tragique a toujours frappé mon imagination car il a été brûlé pour sorcellerie, ici, à Comberoumale, au XVe *siècle.*

Ma découverte corrobore ces allégations car les grimoires miraculeusement conservés dans cette pièce, à l'abri de la lumière et de l'humidité, sont sans exception des traités de magie et de démonologie. Je les ai rangés sur les rayons de ma bibliothèque personnelle afin de les étudier au plus tôt.

Demain, j'ai la ferme intention d'explorer les lieux plus en détail. Je vais installer un plafonnier de manière à examiner le sol. Il comporte une figure octogonale gravée de signes cabalistiques que je brûle d'identifier.

Une chose m'intrigue. Comment le propriétaire des lieux entrait-il dans cette salle, puisqu'en dehors de l'ouverture que nous avons aménagée il n'existe aucune autre issue ? Peut-être la découvrirai-je bientôt.

Le vieil homme n'avait rien noté les jours suivants. Son journal ne reprenait que le 2 septembre.

Depuis plus d'une semaine, je vis dans un état de tension extraordinaire. La figure octogonale recèle une pierre étrange. Elle ne ressemble à aucune des roches qu'il m'a été donné d'étudier et je n'ai pas été capable de la reconnaître ni d'en déterminer la provenance. Son aspect l'apparente à la pierre ponce mais sa dureté extraordinaire m'a plongé dans la stupeur. Aucun de mes outils ne m'a permis d'en prélever ne serait-ce qu'une parcelle pour l'expédier à un laboratoire.

Après une lecture attentive des grimoires trouvés dans la salle, j'ai conclu que les dalles gravées autour de la pierre centrale forment une figure destinée à emprisonner une puissance maléfique. Bien que spécialiste des croyances populaires, je n'ai jamais accordé la moindre foi à ces fariboles. Pourtant, aujourd'hui, je suis ébranlé dans mes convictions.

D'épouvantables cauchemars perturbent mes nuits. Je rêve que l'on m'appelle, que l'on me demande des choses que je refuse de faire. J'entends des cris et des supplications. Je vois des visages effrayés, noyés dans des flots de sang. J'ai peur.

Le lendemain, M. Leplessis écrivait :

3 septembre

Ce soir, je crois pouvoir retracer l'origine de la pierre. Si mes souvenirs sont justes, elle est abominable. Quelques vérifications dans mes archives me permettront de vérifier mes hypothèses. Quelle attitude devrai-je adopter si elles s'avèrent exactes ? L'avenir le dira.

Le journal s'interrompait sur ces mots. Les deux dernières pages comportaient des lignes de chiffres que Nicolas observa avec intérêt avant de marmonner :

– Leplessis avait le goût du secret. Il a voulu dissimuler quelque chose, mais quoi ? Je devrais pouvoir décoder ça sans grandes difficultés.

Tout guilleret, Nicolas se dirigea vers son ordinateur. Il adorait les jeux, les casse-tête, les énigmes et celle-ci en serait une très excitante à résoudre. Il ne doutait pas de trouver rapidement un bon site de cryptographie !

Avisant que le message de son inconnu était toujours à l'écran, il cliqua sur répondre et écrivit :

« Merci du tuyau, il est super. À propos, qui êtes-vous ? »

La réponse ne tarda pas.

« Je suis Celui-qui-veille. »

Nicolas sifflota pensivement et tapota ses incisives de son ongle. Surpris, il se rendit compte que sa blessure ne le faisait plus souffrir et, quand il la débarrassa de son pansement, il constata qu'elle était cicatrisée.

– Finalement, murmura-t-il, je ne regrette pas que nous soyons venus ici. Nous allons nous amuser. Beaucoup nous amuser…

PIÈGE MORTEL

Octobre arriva avec les premières neiges. Ce matin-là, la Galafre se leva avant l'aube et réveilla les braises qui couvaient sous la cendre en les coiffant d'un chapeau de brindilles et de bûchettes. Très vite, les flammes réchauffèrent ses mains glacées. La guérisseuse avait très mal dormi et un malaise diffus l'habitait depuis son réveil.

Violaine était encore couchée quand elle sortit sur le pas de sa porte. Le brouillard étirait ses tentacules blanchâtres autour de la chaumine, dissimulant par instants les arbres et les buissons. La jeune femme frissonna. Elle allait rentrer quand un choc brutal à l'épaule la projeta en arrière. Son dos heurta le chambranle de la porte et elle lâcha un cri de douleur. Un second caillou s'écrasa à quelques pouces de sa tête. La Galafre eut la présence d'esprit de s'engouffrer dans sa maison, de claquer le battant derrière elle et de le bloquer avec une barre de bois. Une série d'impacts violents le fit tressauter.

– Violaine, lève-toi. Vite !

La jeune fille quitta sa paillasse et rejoignit sa mère. Son visage bouffi de sommeil exprimait la plus vive inquiétude. À cet instant, une voix retentit :

– Il n'a pas été difficile de trouver où tu habitais, sorcière. Nous sommes revenus et cette fois-ci, tu ne nous échapperas pas !

Violaine poussa un cri d'angoisse. Elle avait reconnu Arnaud. Sa mère risqua un œil entre les planches disjointes des volets. Trois silhouettes sortirent de la brume et s'approchèrent de la maison. L'homme qui marchait en tête était un brun aux traits durs. Il serrait dans sa main une fronde. Les deux autres étaient armés de coutelas et brandissaient des torches enflammées.

La Galafre prit appui contre la paroi de rondins. Le feu !

Ses pauvres sorts lui seraient de peu d'utilité face à des individus malfaisants prêts à les brûler vives. Il fallait quitter la maison avant qu'elle ne se transforme en piège mortel ! La jeune femme rouvrit sa porte et murmura. Aussitôt, les écharpes de brume s'agitèrent et se tordirent comme des serpents menaçants.

Les trois hommes s'immobilisèrent et l'un d'eux, un roux au visage chafouin, fit mine de déguerpir. Arnaud hurla :

– Si tu fuis, je te châtierai ! Ne te laisse pas impressionner par ses maléfices ! Elle fait danser le brouillard, voilà tout !

De la main, il balaya l'air, dispersant les tourbillons de vapeur pâle, puis il fit tournoyer sa fronde et lâcha sa pierre sur la guérisseuse. Elle l'évita de justesse et referma la porte en catastrophe.

– La Galafre, cria Arnaud, nous te proposons un marché ! Livre-nous ta fille. Quand nous l'aurons châtiée comme elle le mérite, nous te la renverrons.

– Allez au diable ! rugit la femme.

Dehors, Arnaud éclata de rire.

– Tu as raison de l'évoquer, il va bientôt vous accueillir. Nous allons vous enfumer comme des fouines. Pour ta fille, nous ne sommes que des chiens... alors, gare aux chiens ! Ils vous attendent et ils mordent !

Arnaud fit un signe à ses compagnons qui lancèrent leurs torches sur le bûcher. De hautes flammes dansèrent, crépitèrent et embrasèrent les parois de la maisonnette. La Galafre enlaça sa fille.

– Violaine, je vais sortir et les attirer vers moi. Dès que le chemin sera libre, cours dans la forêt. Une fois à l'abri des arbres, il te sera facile de les perdre.

La jeune fille se débattit.

– Non, je ne veux pas t'abandonner !

– Je t'ai donné un ordre et tu vas m'obéir. Maintenant, laisse-moi faire.

La sorcière prit son bâton et s'avança vers les trois scélérats. Violaine resta dissimulée dans la maison en flammes. Elle ne pourrait s'y abriter longtemps, pensa sa mère. Encore quelques minutes et le feu embraserait tout, détruisant ce qu'elle avait mis de longues années à construire. Refoulant son désespoir, la Galafre leva les bras. Une luminosité bleuâtre jaillit de son bâton. Peut-être cela suffirait-il à les effrayer...

– Sus ! hurla Arnaud que la haine préservait de la peur.

Les coquins se ruèrent sur la Galafre, couteaux brandis. Elle abattit son bâton et faucha Renaud le roux qui allait la frapper. Il tomba. Les deux autres le heurtèrent et roulèrent au sol dans un furieux emmêlement de bras et de jambes.

– Fuis, Violaine, fuis !

La Galafre fit voler une grêle de coups sur les épaules et les têtes de ses adversaires tandis qu'ils tentaient de se relever en poussant des grognements de rage et de souffrance. Violaine courut vers les arbres. Les branches écorchèrent ses mains et ses joues quand elle s'engouffra dans le sous-bois. Elle zigzagua entre les troncs et fila droit devant elle, trop affolée pour penser à rejoindre un sentier. Soudain, un hurlement déchirant transperça ses oreilles.

– Maman !

La jeune fille s'arrêta et mordit ses lèvres jusqu'au sang. Elle ne pouvait laisser sa mère se battre seule contre ces trois brutes ! Qui sait même si...

Indifférente au danger, elle étouffa un sanglot et, les yeux remplis de larmes, revint sur ses pas.

LES HEURES NOIRES DE COMBEROUMALE

Lorsque Quentin eut refermé derrière lui la porte de la bibliothèque octogonale, il eut l'impression de se retrouver dans la cabine d'un navire dérivant sur une mer d'huile, à mille lieues du rivage.

La couleur miel des boiseries avait quelque chose d'apaisant. La pièce était fraîche, l'air sec. Pas un bruit ne parvenait de l'extérieur. Sa mère se reposait en bas, Nicolas s'était volatilisé. Il avait toute latitude pour prospecter en paix.

Le garçon commença son exploration méthodique des rayons, du sol au plafond, caressant de l'index le dos des livres. Au bout de vingt minutes, il faillit renoncer, lassé de monter et descendre l'échelle qui lui permettait d'atteindre les étagères les plus élevées. Pas un titre ne correspondait à sa recherche et un début de migraine le faisait souffrir. Quentin était désormais persuadé d'avoir été victime d'une hallucination. Il posait le pied sur le sol quand il lut au dos d'un épais volume : *Étienne Doléan, Les heures noires de Comberoumale.*

S'appuyant à l'échelle, Quentin attendit que les battements de son cœur se calment. Il n'avait donc pas rêvé ! Mme de Varonnet lui avait parlé, sinon comment aurait-il connu l'existence de ce bouquin ?

Les mains tremblantes, il retira le livre de la bibliothèque, le posa sur la table et feuilleta les premières pages. Cet ouvrage avait été publié en 1888, à Bordeaux. Il recensait les affaires de sorcellerie ayant défrayé la chronique à Comberoumale et dans les villages avoisinants, du Moyen Âge à la fin du XVIIIe siècle.

Quentin passa les premiers chapitres avec fébrilité. Il se figea quand il découvrit en lettres capitales : *HISTOIRE VÉRITABLE DE JACQUES GUERNIÈRE, MARCHAND DRAPIER.*

La suite n'était pas moins surprenante…

En l'an de grâce 1457, la bonne ville de Comberoumale fut marquée par des événements qui provoquèrent une consternation sans précédent parmi sa population. Nous en avons retrouvé la trace dans les archives conservées à l'archevêché de Bordeaux. Elles font état du procès d'un dénommé Jacques Guernière, riche marchand drapier, à l'époque fort estimé des Comberoumalais.

L'individu en question n'avait jusqu'alors jamais attiré l'attention sur sa personne, bien que l'on s'étonnât qu'un homme possédant si belle situation financière et doté d'un physique si plaisant n'eût pas cru nécessaire de trouver femme et de fonder une famille. Les langues allaient bon train et certains lui prêtaient des mœurs contre nature, sans pouvoir avancer l'ombre d'une preuve.

Comme il est fréquent dans pareil cas, le drapier suscitait force jalousie. La fortune que son commerce lui avait acquise en était la principale cause. Il était cependant resté un homme généreux, fort pieux, qui n'hésitait pas à aider les indigents et les petites gens en difficulté.

L'affaire éclata au matin du 8 février 1457, lorsque certains bourgeois parmi ses voisins se rendirent dès l'aube à la prévôté pour conter une curieuse histoire. Ils tremblaient de peur et prétendaient avoir entendu, la nuit précédente, une voix inhumaine résonner dans les airs. Elle hurlait des paroles dans une langue inconnue et provenait de chez Jacques Guernière. Ils assurèrent ensuite avoir observé d'étranges lueurs au-dessus des toits, puis des torrents de flammes blanches qui jaillissaient des fenêtres de la maison du drapier, située rue des Bas-Fossés.

Sur ordre du prévôt, trois sergents de ville se rendirent sur-le-champ au domicile de Guernière et frappèrent à l'huis. Personne ne leur ouvrit. Après les sommations d'usage, ils enfoncèrent la porte. La terreur les saisit alors car il régnait dans la maison, selon leurs dires, une puanteur épouvantable : un mélange d'odeur de charogne et d'épices.

Après avoir parcouru les pièces du rez-de-chaussée et de l'étage, ils découvrirent Jacques Guernière dans les caves de sa maison. Il semblait les attendre. Son visage présentait une pâleur extraordinaire. Il était agité de frissons, claquait des dents et respirait avec peine, comme saisi d'une fièvre quarte. À côté de lui, gisait un cadavre mutilé.

On eut beaucoup de mal à reconnaître Pierre Bénouvet, son domestique, tant le corps avait été martyrisé. Bien qu'il ne manifestât aucune agressivité, les trois sergents battirent le drapier, poussés, d'après leur récit, par une rage qui les dépassait.

Jacques Guernière fut conduit devant les juges et avoua sur l'heure être un sorcier. On n'avait trouvé dans sa demeure nulle trace d'objets de magie ou de livres com-

promettants, ce qui ne l'empêcha pas d'être convaincu d'assassinat, de sorcellerie et de pratiques démoniaques. L'on arrêta son exécution pour le jour suivant, ce qui, même pour l'époque, était expéditif. Par la suite, ses juges reconnurent le caractère exceptionnel de leur décision, sans fournir d'ailleurs d'explication satisfaisante au tribunal ecclésiastique qui tenta d'apporter la lumière sur cette mystérieuse affaire.

Jacques Guernière n'avait nullement cherché à se défendre. Mieux, il accueillit la sentence avec une curieuse indifférence. Certains témoins prétendirent qu'il en parut soulagé.

Le lendemain à l'aube, le drapier fut brûlé sur la place des Échevins. À la grande surprise du public venu assister à l'exécution, le condamné était impatient de mourir et ses derniers mots furent un appel à hâter sa fin. Il était huit heures quand il rendit l'âme et, selon les nombreux spectateurs présents sur place, le feu qui le dévora fut le plus ardent et le plus démesuré qu'on eût jamais vu, à tel point que certains crièrent au sortilège, d'autres au miracle. La panique s'empara de la foule, les blessés furent nombreux et l'on compta huit morts dont deux parfaits inconnus que rien ne permit d'identifier. Le premier était un homme blond. Le second un Maure, dont la présence était inexplicable en terre chrétienne.

Les habitants de Comberoumale n'eurent pas connaissance des faits qui suivent car les autorités ecclésiastiques les consignèrent dans les archives de l'archevêché en grand secret. Lorsqu'on déshabilla les deux hommes pour la toilette mortuaire, on découvrit que si leurs visages, leurs bras et leurs jambes étaient intacts, leurs torses étaient calcinés, comme si on les avait plongé dans le brasier qui avait consumé Jacques Guernière.

On les inhuma en terre non consacrée et l'évêque préféra étouffer l'affaire. Que faisaient ces deux hommes à Comberoumale ? Connaissaient-ils Jacques Guernière ? Comment avaient-ils pu mourir de manière aussi atroce ? Personne ne le saura jamais car ils ont emporté leur secret dans la tombe.

Une note en bas de page précisait : *La gravure placée dans les annexes est la réplique d'un dessin d'époque anonyme conservé dans les archives de la bibliothèque de l'archevêché. On appréciera la sûreté du trait et l'exactitude des détails ainsi que l'effort pour rendre la perspective.*

Quentin tourna les pages et découvrit en fin de volume une reproduction pleine page de toute beauté.

Elle montrait un homme attaché à un poteau, au milieu d'un bûcher, au moment précis où le bourreau y mettait le feu. On distinguait à l'arrière-plan les maisons de la place, disproportionnées par rapport aux personnages. Sur le côté droit, l'artiste avait représenté un seigneur, un évêque et quelques bourgeois. À gauche, on reconnaissait des hommes et des femmes du peuple ainsi que des gardes armés de piques. Les visages étaient très expressifs.

Quentin sentit un vertige le gagner quand, dans sa mémoire, surgirent des images et des sensations issues, lui semblait-il, de la gravure qu'il était en train d'examiner. Une scène colorée, un ciel de neige, une populace assemblée et bruyante. Il perçoit le froid piquant sur sa peau et l'odeur du bois humide qui s'enflamme. Un visage de jeune fille en larmes, très beau et triste. Si triste. La peur. Une explosion de douleur. Le soulagement. Le calme, enfin.

Pas un bruit ne troublait le silence de la maison. Quentin inspira profondément et essuya la sueur qui poissait son front. Ses mains étaient molles et moites. En proie à un malaise intense, il se pencha sur le livre, avide d'identifier tous les détails, comme s'ils lui fourniraient la clé de ces étranges visions. Son attention se porta enfin sur Jacques Guernière. Se souvenant d'avoir remarqué un compte-fils sur une des étagères, il courut le chercher.

Les traits du supplicié étaient tracés avec une extraordinaire minutie. C'était un homme d'une quarantaine d'années aux cheveux épais et au front haut. Il avait de beaux yeux en amande, un nez à peine busqué et sa bouche, aux lèvres bien dessinées, esquissait un sourire soulagé.

Quentin ne parvint pas à retenir les tremblements qui avaient gagné ses doigts et lâcha le compte-fils. Ce visage lui était familier. Il l'avait contemplé sur tous les miroirs qu'il avait croisés depuis sa naissance.

Cette chevelure, ce front dégagé, ces yeux, ce profil aquilin, ce sourire un peu moqueur...

C'étaient les siens !

LE CHÂTIMENT

Violaine se ruait vers sa maison quand elle entendit le bruit d'une galopade.

Elle s'immobilisa et les vit qui avançaient vers elle. Ils s'étaient écartés les uns des autres pour lui barrer le chemin. Le coutelas d'Arnaud était rouge de sang. Il souriait, en dépit d'une profonde estafilade sur la joue et du bleu qui boursouflait son œil droit. Son frère et Renaud le roux portaient également la trace des coups que la Galafre leur avait assénés. Violaine serra les poings et une bouffée de haine la submergea.

– Nous voilà, jolie sorcière, susurra Arnaud. Nos épousailles étaient écrites...

Affolée, Violaine voulut tourner les talons mais elle comprit que c'était inutile, ils étaient trop près. Tant pis. Elle se battrait. Comme un animal. Avec ses pieds, ses ongles, ses dents. Ensuite, elle rejoindrait sa mère. Peu lui importait à présent.

Arnaud était à moins de dix pas. Ses compagnons s'étaient rassemblés derrière lui. Ils la regardaient, pareils à des loups affamés, dévorant des yeux la proie sur laquelle ils allaient fondre.

D'un geste lent, Arnaud essuya sa lame sur son bliaud et la rangea dans son étui. Ses deux compagnons l'imitèrent.

– Alors, fanfaronna le roux, le beau monsieur qui t'a sauvé la mise n'est pas là pour te porter secours ? Quand nous l'aurons retrouvé lui aussi, nous lui offrirons une mèche de tes cheveux avant de lui régler son compte…

Jacques ! Comment avait-elle pu oublier la promesse qu'il lui avait faite ? Elle tâtonna dans sa chevelure et saisit le ruban vert. Puis, par trois fois, elle prononça le nom du maître sorcier.

– La belle a perdu l'esprit ! s'exclama Arnaud. Quel dommage, elle va manquer le meilleur de l'histoire.

Ils allaient se jeter sur elle quand une voix tonna :

– L'heure de la curée n'a pas sonné ! Que les chiens retournent au chenil !

Les vauriens se renfrognèrent et firent volte-face. Surgi de nulle part, l'homme qui les avait rossés quelques semaines plus tôt les observait. Il s'appuyait sur son bâton de pèlerin mais cette fois-ci, il ne souriait point.

– Vous importunez de nouveau cette enfant. Je vous ordonne de disparaître ! À jamais.

Arrachant son coutelas du fourreau, Arnaud fixa l'intrus avec une inquiétude mêlée d'animosité. Comment avait-il pu apparaître sur un simple appel ? Il y avait là quelconque diablerie, pas de doute à avoir.

– Jacques, bredouilla Violaine, ils ont assassiné ma mère…

La jeune fille tomba à genoux et prit sa tête dans ses mains, ravagée par la souffrance. Une seconde, les trois hommes se consultèrent du regard puis ils coururent sur Jacques, la lame au poing. L'inconnu en savait trop ! Ils le saigneraient puis ils s'occuperaient de la fille. Ensuite, ils s'évanouiraient dans la nature et les bêtes de la forêt se chargeraient d'effacer les traces de leurs forfaits.

Le maître sorcier tendit son bâton qui rougeoya. Renaud s'effondra, fauché en plein élan. Il se tordait, en proie à une terrible douleur et pourtant, personne ne l'avait touché. Ses compagnons interrompirent leur course et le contemplèrent, effarés.

– Lequel d'entre vous a frappé la Galafre ? interrogea Jacques d'une voix blanche.

Renaud le roux, blafard, mourait d'envie de tourner les talons. Cette affaire sentait mauvais. Trop mauvais pour lui. Il ne parvenait cependant pas à bouger d'un pouce, paralysé par l'effroi. Ou par autre chose...

– Remettez ce vaurien sur ses pieds et répondez-moi !

Les deux hommes aidèrent Arnaud à se relever. Il tremblait et vacillait sur ses jambes.

– Nous lui avons tous trois donné la mort, déclara Guillaume en prenant son frère à témoin. Cette sorcière a trouvé un juste châtiment pour son commerce avec le diable !

Jacques blêmit, parvenant à grand-peine à maîtriser sa colère.

– Vous osez invoquer la justice quand c'est vous que le démon possède ! Dit-il vrai ? demanda-t-il au roux. L'avez-vous poignardée, vous aussi ?

Celui-ci hésita. Lâchant un juron, Guillaume lui donna une bourrade et, vaincu, Renaud hocha la tête. Un rictus déforma le visage du sorcier. Il contempla avec pitié le corps recroquevillé de Violaine puis, comme en proie à une insurmontable fatigue, il passa sa main sur ses paupières. Croyant le surprendre, Arnaud fit prestement sauter son coutelas dans sa main et le lança tandis que les deux autres se jetaient sur le sorcier pour le larder de coups.

Le bâton flamboya et trois éclairs de feu en jaillirent qui frappèrent la tête des assassins. Ils s'abattirent, les yeux écarquillés par la surprise, un sceau charbonneux imprimé sur le front. Quant au couteau, figé à deux mètres de Jacques, il demeura un instant suspendu en l'air avant de se ficher dans l'humus avec un son mat.

Le sorcier marcha jusqu'à Violaine, la prit dans ses bras et repartit vers la maison de la Galafre, sans un regard pour les cadavres.

Une pénible odeur de brûlé les accueillit. Ravagée par l'incendie, la chaumine s'était effondrée. Il n'en restait qu'un amoncellement de poutres sifflantes et tressautantes. La chaleur était si intense qu'ils en perçurent la brûlure sur leurs joues. Tandis qu'il aidait Violaine à se remettre sur ses pieds, Jacques aperçut le corps de la Galafre, baignant dans son sang. Son bâton gisait près d'elle, rompu en deux. Lorsque ses meurtriers étaient partis à la poursuite de Violaine, elle était encore vivante et avait trouvé la force de se traîner jusqu'à la lisière du bois dans une ultime tentative pour se porter au secours de sa fille.

Le sorcier voulut retenir Violaine. Le repoussant avec violence, elle lui échappa et courut s'agenouiller près de sa mère. Ses yeux étaient secs à présent mais le chagrin qui les habitait bouleversa Jacques. Elle disposa les longs cheveux de la Galafre en corolle autour de sa tête et embrassa son front. Malgré les bleus qui marbraient son visage, la femme était très belle et son visage serein.

– Il faut lui donner une sépulture, dit Violaine avec simplicité.

Improvisant une pelle avec un morceau de planche à demi carbonisée, Jacques creusa une fosse dans la terre meuble, non loin du tas de braises fumantes. Ils y allongèrent la Galafre avec pour tout linceul les vêtements qu'elle portait. Violaine voulut placer à côté d'elle son bâton brisé mais Jacques la retint. Il le saisit, noua les deux morceaux d'un fil qu'il prit dans sa poche et le posa sur le sol.

À peine eut-il refermé la fosse que la neige commença à tomber. Le froid devenait plus mordant et la lumière blafarde qui filtrait au travers des nuages étendait sur la clairière un voile de tristesse. Violaine se recueillit longuement, les épaules secouées par les sanglots. Elle ne parvenait pas à arracher ses yeux du monticule de terre qu'une pellicule argentée estompait déjà.

– Que vais-je devenir ?

Violaine s'accrochait au bras de son compagnon comme si elle redoutait qu'il l'abandonne. Jacques ramassa le bâton brisé de la Galafre puis il la laissa se blottir contre lui et caressa ses cheveux.

– Je t'emmène avec moi. Tu vivras en paix à Comberoumale.

– Chez vous ?

– Non, répondit le sorcier après une brève hésitation, ce ne serait pas prudent. Qui sait ce qui peut arriver à un individu de ma sorte, en des temps aussi troublés que les nôtres ? Mais nous nous verrons très souvent, je te le promets. Pour commencer, nous trouverons à te loger puis tu chercheras un travail. Le soir, je t'apprendrai à lire et à écrire. Tu étudieras en ma compagnie.

– Et à quoi cela me servira-t-il ? demanda la jeune fille avec une pointe de surprise.

– À faire de toi ce que tu es !

Du bâton brisé, il montra la tombe et sourit tristement.

– Et ce qu'était ta mère. Une sorcière. Une très grande sorcière...

– Une sorcière ! s'exclama Violaine avant de poursuivre avec une pointe de révolte dans la voix : et pourquoi aurais-je le devoir d'en devenir une à mon tour ? Ma mère n'en a retiré que solitude et souffrance !

Jacques observa ses traits creusés par la douleur, les cernes qui soulignaient ses yeux. Pourquoi en effet devrait-elle porter un si lourd fardeau ? Ne serait-il pas plus sage de la conduire très loin d'ici et de la confier à des gens qui lui feraient mener une existence normale ?

– Peut-être n'avait-elle pas d'autre choix, dit-il enfin. Pas plus que toi et moi...

VERTIGES

Quentin referma le livre sur lequel il était penché, en proie à des pensées vertigineuses. La ressemblance entre le visage de cet homme brûlé en 1457 et le sien était-elle une pure coïncidence ? Était-ce pure coïncidence aussi que lui, Quentin, le sosie de ce Jacques Guernière, vienne habiter dans une maison où un ouvrage consignant l'histoire du drapier était conservé ? Sans compter qu'il n'avait pas cherché ce livre au hasard, mais poussé par une vieille dame dont le visage avait pivoté de 180 degrés pour lui transmettre son message.

Il comprima ses tempes douloureuses. Mille idées plus folles les unes que les autres s'entrechoquaient dans son esprit. Sur son front perla une sueur glacée et il éprouva un instant la crainte de se trouver mal sans que personne fût en mesure de lui porter secours.

Quand il eut recouvré son calme, il remit à sa place *Les heures noires de Comberoumale*. Un rayon plus haut, était rangé *Monarchia daemonorum*, qu'il avait feuilleté la veille et, juste à côté, un volume dont le dos ne comportait aucun titre.

Sans trop savoir pourquoi, il posa l'extrémité de ses doigts sur le cuir. Aussitôt, ses lèvres se murent et il récita : *Abaddon, Abalam, Abigor, Abrahel, Acham, Adramelech...*

Quentin sursauta. Qu'étaient ces noms absurdes ? Il était certain de ne jamais les avoir lus ni entendus.

La réponse s'imposa : c'étaient des démons ! Bizarrement, il était capable d'associer à chacun d'eux une image, des caractéristiques, un rang dans une hiérarchie abracadabrante. Il connaissait le moyen de les convoquer, de les interroger ou de les combattre. Quentin mit le livre sur la table, s'assit et l'ouvrit. Au premier coup d'œil, il sut qu'il s'agissait d'un florilège de créatures démoniaques.

C'était un manuscrit rédigé en latin. L'écriture, curieusement formée, lui sembla familière, bien qu'il n'ait jamais compulsé ce livre. Quant à la langue, il la comprenait sans difficulté alors qu'il ne l'avait jamais étudiée ! Atterré, il constata qu'il pouvait achever des phrases dont il n'avait lu que les premiers mots.

Quentin ferma les yeux et se concentra au hasard sur le N afin de se mettre à l'épreuve. Aussitôt, il déclama : *Nabam, Naimbroth, Namtar, Nergal, Nirudy...* Il aurait pu ainsi réciter par ordre alphabétique le nom de tous les démons. Comment les connaissait-il ? Il compulsa fébrilement le livre. Une rapide vérification lui permit de se persuader qu'il ne se trompait pas. Sa mémoire était emplie d'une foule de noms qu'il n'avait jamais appris !

Abandonnant son siège, il parcourut le dos des grimoires alignés sur les étagères. Certains titres lui étaient inconnus mais d'autres, les plus anciens, réveillèrent aussitôt des souvenirs de langues rares, de mots extravagants, de formules et d'incantations. Ces volumes partageaient un point commun : sur leur couverture, aux trois quarts effacés par le temps, il distingua un J et un G entrelacés, comme imprimés au fer. Le livre ouvert sur la table comportait une marque identique.

– JG ! bredouilla-t-il. Ces ouvrages ont appartenu à Jacques Guernière, l'homme qu'on a brûlé pour sorcellerie, ici, à Comberoumale ! C'est lui qui les a rédigés !

Quentin se rassit et essaya de calmer l'agitation qui s'était emparée de lui. Soit il était en train de devenir fou, soit l'impensable avait fait irruption dans son existence.

Depuis des années, il se délectait d'histoires noires et fantastiques, au grand désappointement de sa mère. Les fantômes, les vampires et les sorciers étaient son pain quotidien, l'humus dans lequel son imagination féconde puisait la matière qui la nourrissait. Il ne pouvait rêver situation plus enivrante que celle qu'il vivait à cet instant précis, même s'il s'y mêlait une déplaisante sensation d'angoisse.

Quelles avaient été les paroles exactes de Mme de Varonnet ? « Va dans la bibliothèque de M. Leplessis. Tu y découvriras un ouvrage intitulé *Les heures noires de Comberoumale*. Lis les pages consacrées à Jacques Guernière et tâche de te souvenir. Si tu n'y parviens pas, viens chez moi. Je t'attends. »

« Viens chez moi. Je t'attends... » À l'instant, il lui avait semblé entendre la vieille femme murmurer ces mots à son oreille, comme si elle s'était trouvée dans la pièce.

Quentin se leva si brusquement que sa chaise tomba sur le plancher en produisant un vacarme terrifiant. Hâtivement, il la ramassa et dressa l'oreille.

La maison restait silencieuse. Quentin se rassit. À l'excitation succédait une fatigue intense, doublée d'un doute lancinant à l'égard de sa santé mentale.

– Qu'est-ce que j'allais faire ? balbutia-t-il. Je ne vais quand même pas me pointer la bouche en cœur chez ma voisine. « Bonjour madame ! Vous connaissez Jacques Guernière, un sorcier brûlé il y a cinq siècles ? Eh bien, je suis son portrait craché ! » C'est l'asile psychiatrique direct !

Il porta son pouce à sa bouche et le retira en poussant un cri de douleur. Sans s'en rendre compte, il avait rongé son ongle jusqu'au sang.

« Il doit y avoir une explication logique à tout ça. Un cerveau humain est capable de trucs ahurissants. Ce bouquin m'est peut-être déjà passé entre les mains sans que je m'en souvienne. »

Remettant le livre à sa place, il se dirigea vers la porte, conscient de nager en pleine irrationalité. Sa pauvre explication ne tenait décidément pas la route…

« Bon, il faut que je sorte me changer les idées. Maman a sûrement prévu quelque chose cet après-midi, ça va m'occuper l'esprit. »

Lorsqu'il passa devant la chambre de son frère, un cliquetis familier parvint à ses oreilles. Nicolas tapait à toute vitesse sur son clavier. Il devait concocter un nouveau logiciel miracle ou un programme antivirus révolutionnaire, preuve qu'il allait mieux.

Quentin s'éloigna sur la pointe des pieds et gagna l'escalier.

LA TRAHISON DE JACQUES GUERNIÈRE

Jacques s'inclina une dernière fois sur la tombe de la Galafre puis il posa sa cape sur les épaules de Violaine et donna le signal du départ. Ils marchèrent d'abord sans prononcer un mot, leur silence seulement troublé par les craquements de la terre gelée sous leurs pieds et le lointain croassement des corneilles au-dessus des pacages.

Passé les taillis qui entouraient la forêt, ils atteignirent les champs qui bordaient la route de Comberoumale. La couleur noire des guérets s'effaçait sous la pellicule de neige qui s'épaississait. Violaine lança un regard en coin à son compagnon. Celui-ci cheminait, le visage fermé, indifférent aux morsures du vent d'hiver.

– Qu'est-ce qu'une sorcière ? demanda-t-elle enfin.

Jacques s'humecta les lèvres.

– Il est difficile de t'apporter une réponse. Les sorciers et les sorcières se font rares aujourd'hui. Dans notre univers, il n'en reste que quelques centaines. Autant dire presque rien ! Jadis, la magie était la clé de toutes choses, la porte ouverte sur les mondes. Les hommes auraient pu suivre cette voie. Mais ils ont préféré celle de la science et de la technique, plus raisonnable, plus conforme à ce qu'ils croient être leur nature.

– Alors à quoi servent ceux de votre sorte ?

Un pli soucieux apparut sur le front de Jacques.

– Nous tentons de maintenir les équilibres. Nous n'avons pas pour mission de lutter contre des êtres de chair et de sang mais contre les maîtres des mondes des ténèbres, contre les mauvais esprits répandus dans les régions célestes. Dans nombre d'endroits reculés du monde comme en ce pays, parfois même aux tréfonds de chaque homme, des puissances malfaisantes sommeillent. Un appel, un rien suffit à les réveiller. Notre rôle est de les surveiller et de les combattre. En secret. Sans reconnaissance et sans gloire. Certains d'entre nous, plus modestes, se contentent de dispenser des remèdes et de soigner, malgré la peur et le mépris de ceux qui les sollicitent. Ta mère était de ceux-là.

Violaine sentit ses yeux s'embuer.

– Tous les sorciers sont donc au service du bien ?

– Hélas, non. Certains cherchent à conclure des pactes avec les forces obscures, dans le but d'obtenir honneur, richesse ou pouvoir. Ils peuvent être également poussés par le goût du mal et nous payons, hélas, bien souvent pour eux car, dans l'esprit des gens, sorciers et Satan ne font qu'un...

Une rafale de vent mêlée de neige les cingla. Violaine frissonna et s'emmitoufla dans sa cape. Au loin, brouillées par les tourbillons de flocons blancs, se découpaient les fortifications de Comberoumale.

– Et quel avantage trouvez-vous à cet état ?

Le sorcier éclata d'un rire sonore et ses yeux étincelèrent.

– Disons que mon orgueil me pousse à savoir et à apprendre, moi aussi. Sans fin... Il ne me déplaît pas d'être différent de la plupart des gens. Je vis deux existences au lieu d'une. Drapier pour tous, sorcier pour moi seul. Enfin les pouvoirs que me confère la sorcellerie sont la source d'un plaisir grisant, tu t'en apercevras vite !

Violaine fronça les sourcils.

– J'ai vu ! Vous avez tué trois hommes tout à l'heure...

Jacques s'arrêta net, les mâchoires serrées à se rompre. Il s'appuya sur son bâton qui avait repris le banal aspect d'un bourdon de pèlerin.

– C'est vrai, mais cela n'était pas par plaisir. Ôte-toi cette idée de la tête !

– Admettons ! répliqua la jeune fille. Alors pourquoi l'avoir fait ?

– Parce qu'ils étaient assez lâches pour s'attaquer à deux femmes seules ! Parce qu'ils étaient d'ignobles assassins insensibles aux remords et qu'ils étaient prêts à nous égorger comme des animaux pour protéger leur fuite. Parce que jamais ils ne t'auraient laissée en paix et qu'ils nous auraient mis en danger quelque jour.

Violaine observa le sorcier, un sourire dubitatif aux lèvres.

– Vos pouvoirs ne vous auraient-ils pas permis de leur faire perdre la mémoire à tout jamais ?

Le sorcier parut ébranlé par cette question.

– Si, reconnut-il à contrecœur. Mais j'ai cédé à la colère et à la haine. J'ai cédé au désir de vengeance. Le regrettes-tu ?

Violaine cracha sur la neige et le dévisagea avec un air de défi.

– Pas une minute !

Jacques soupira. Quel exemple avait-il donné à Violaine en dépit des arguments maladroits qu'il employait pour se justifier ? En supprimant ces hommes, il s'était montré aussi vil qu'eux. Il avait failli aux principes qui étaient les siens et ceux des sorciers en général. Et cela, pour cette jeune fille qui l'émouvait plus que personne ne l'avait ému de sa vie.

Le sorcier observa son visage pâle encadré de mèches folles, ses yeux épuisés, bordés de mauve. Malgré les épreuves, elle était belle. Encore plus belle que la Galafre. Et aussi dure. Aussi farouche. Il eut envie de lui dire : « Personne ne te prendra à moi ! »

Il préféra se taire.

La tempête menaçait. Certes, Jacques aurait pu l'éloigner d'un mot et leur ménager un chemin de soleil jusqu'à la ville. Il n'en fit rien. La magie n'était pas un jeu et devait être employée avec prudence et parcimonie. Il en avait suffisamment usé pour ce jour-là ! Violaine et lui rejoindraient Comberoumale de manière conventionnelle mais discrète.

Enfin, trois heures de marche sous la neige exténueraient Violaine et l'aideraient à trouver le sommeil, la nuit venue, songea-t-il avec une pointe de tristesse.

Ils étaient à courte distance de la porte de la ville quand Jacques déclara :

– Violaine, il faut que tu me fasses une promesse. Quoi qu'il arrive, ne te sers jamais de ce que ta mère t'a appris. N'utilise aucun sort, ne compose aucun remède, pas même une simple décoction. Tu dois passer pour une ignorante aux yeux de tous. Ta sécurité est à ce prix, comprends-tu ?

Violaine se souvenait de ce qu'avait enduré la Galafre et des malheurs que ses talents lui avaient rapportés. Malgré sa fatigue, c'est d'une voix ferme qu'elle répondit :

– Je vous le promets.

Une croûte de neige s'était formée sur leurs cheveux quand maître Guernière toqua à la porte d'Hermeline, une brave couturière de ses amies. Elle les reçut comme des hôtes de marque, les installa au coin du feu et glissa dans leurs mains engourdies par le froid un gobelet de vin chaud d'où montait une bonne odeur de miel, de clou de girofle et de cannelle.

Le drapier prétendit avoir rencontré la jeune fille errant sur les chemins, alors qu'il rentrait de chez un confrère avec qui il était en affaires. Si la Galafre s'était parfois rendue à Sauveterre, jamais Violaine et sa mère n'avaient mis les pieds à Comberoumale et, pour ses habitants, elle était une parfaite inconnue. Elle n'eut pas à mentir beaucoup lorsqu'elle raconta, éplorée, son destin d'orpheline condamnée à la mendicité et à la misère. Touchée par sa détresse, Hermeline lui ouvrit sa maison.

Comme elle était grande et forte pour son âge, Violaine prétendit avoir seize ans. En une semaine, grâce à l'aide conjuguée de Jacques et de sa protectrice, la jeune fille trouva à louer une maisonnette blottie contre les fortifications et un emploi dans l'atelier de dame Geneviève, chez qui elle cousait du matin au soir avec une ardeur qui faisait plaisir à voir.

Jacques Guernière se désintéressa de sa protégée dès lors qu'elle fut acceptée par la population de Comberoumale. Ce n'était pas la première fois qu'il aidait un homme ou une femme en difficulté et personne ne s'en étonna.

Les semaines puis les mois passèrent. La jeune fille éprouvait un profond chagrin à ne plus croiser celui qui avait juré de veiller sur elle. Certes, elle lui devait de vivre en paix et de manger à sa faim mais il avait promis de lui apprendre à lire, à écrire, de faire d'elle une sorcière. Avait-elle commis une erreur qui avait dissuadé Jacques de mener à bien cette entreprise ?

Quelques-unes des jeunes filles employées chez dame Geneviève tentèrent de se lier d'amitié avec Violaine mais elle conserva ses distances. Elle acquit rapidement une réputation de sauvageonne et on la laissa à l'écart.

Seul l'abbé de la paroisse parvint à l'apprivoiser et la jeune orpheline se rendait avec une telle ponctualité aux offices qu'on loua bientôt sa piété et qu'on la soupçonna de vouloir un jour se retirer du monde pour consacrer sa vie à Dieu.

Cette idée avait traversé l'esprit de Violaine. Elle était animée d'une foi naïve, presque instinctive, et l'église lui apparaissait comme une enclave de paix dans l'agitation du monde. Le calme, le silence du lieu, la lumière bleue qui tombait des vitraux, lui apportaient la sérénité à laquelle elle aspirait depuis la mort de sa mère. Elle aimait y prier pour le repos de la Galafre et pour le salut de Jacques qui l'avait oubliée. Ou, comme elle le pensait parfois avec amertume, qui l'avait trahie.

LA BAGUE

Jeanne était plongée dans l'étude d'une carte de la région lorsque Quentin entra dans le salon. Elle l'accueillit avec un sourire qui se figea dès qu'elle remarqua ses traits défaits.

– Viens par ici, toi ! Tu as l'air tout retourné ! Ce n'est quand même pas cette fichue bibliothèque qui...

– Mais non, maman, mentit Quentin. Je me suis allongé un quart d'heure sur mon lit et je me suis endormi. Je ne suis pas encore bien réveillé.

– N'empêche que tu as le teint de quelqu'un qui a besoin de prendre l'air et le soleil ! Ça tombe à pic, j'ai des projets pour l'après-midi. Je viens d'avoir une longue conversation téléphonique avec Mme de Varonnet, la charmante vieille dame que nous avons rencontrée ce matin. Comme je lui demandais des conseils touristiques, elle m'a suggéré de visiter le village médiéval de Sauveterre. Ensuite, à deux pas, dans la vallée, près du hameau du Moustier, il y a un magnifique chêne qui a près de huit cents ans paraît-il. À voir ab-so-lu-ment, m'a-t-elle affirmé !

Jeanne replia la carte et se leva.

– Je prépare de quoi grignoter et je prends deux bouteilles d'eau. Pas question que tu réédites ton malaise de ce matin. Tu montes chercher Nicolas ?

Comme Quentin frappait à la porte de la chambre, le cliquetis des touches ne s'interrompit pas. N'obtenant aucune réponse, il entra.

– Nicolas, maman propose qu'on parte pour une balade tous les trois.

– Pas envie !

Son frère, penché sur l'écran de son portable, ne s'était pas donné la peine de relever la tête et sa réponse se voulait sans appel.

– Force-toi un peu pour une fois ! Ça lui fera plaisir.

Nicolas posa ses doigts sur le rebord du bureau et se retourna. Sa voix s'éleva, glaciale :

– Inutile de me faire la morale ! Maman ne sera pas seule puisqu'elle aura son petit chéri avec elle !

Comme d'habitude, la conversation avait tourné au vinaigre. Quentin refoula les paroles cinglantes qui lui brûlaient les lèvres.

– Je ne te fais pas la morale, Nico, je te demande juste un effort. De toute manière, ça m'étonnerait qu'elle apprécie que tu restes enfermé l'après-midi entière devant ton ordinateur. Alors viens, s'il te plaît.

Quentin quitta la pièce tandis qu'impassible Nicolas sauvegardait le document qui s'affichait sur son écran et éteignait son portable.

Depuis qu'ils avaient atteint la vallée, l'atmosphère était cuisante et la climatisation, poussée au maximum, soufflait un air tiède et sec. De chaque côté de la route, les vignobles se paraient de verts éclatants. Indifférent au paysage, Nicolas faisait ostensiblement la tête. Il s'était installé une fois de plus à l'arrière et paraissait absorbé dans des réflexions auxquelles personne ne parvenait à l'arracher. Quentin s'efforçait de bavarder avec sa mère mais le cœur n'y était pas. Il était las des disputes continuelles qui les opposaient, son frère et lui. Peut-être qu'une bonne discussion en tête-à-tête permettrait de régler le problème.

– Regardez, on arrive à Sauveterre ! s'exclama Jeanne.

Le village était perché sur une éminence et les pierres de ses maisons étaient aussi ocre que la roche sur laquelle on les avait bâties. De nouveau, Quentin éprouva une curieuse sensation de déjà-vu et la promenade qu'ils firent à travers les vieilles rues confirma sa certitude de connaître la géographie des lieux. Comme à Comberoumale, il guida sa mère et son frère dans le lacis tortueux des ruelles sans se perdre.

Sa stupéfaction atteignit son comble quand ils parvinrent au Moustier et qu'il entrevit le vieux chêne dont Mme de Varonnet avait entretenu sa mère. Cet arbre lui était familier. Il l'avait déjà vu, même si c'était impossible !

Autour de lui, le paysage vacilla et l'idée absurde que cette promenade était une fiction, sa mère et son frère des personnages de roman et ce vieil arbre la réalité, le saisit avant de s'effacer.

Sa mère gara la voiture et ils descendirent admirer le chêne. Au-dessus du tronc massif et crevassé s'étendait une ramure colossale, dense, couverte de feuilles lisses et vernissées, d'un vert profond, qui bruissaient à l'unisson. Les branches basses touchaient le sol et

Quentin ne résista pas à la tentation d'y monter, bientôt suivi de Nicolas, que les proportions démesurées du vieil arbre avaient déridé.

Quentin s'installa sur une fourche et contempla le sol poussiéreux. Il se sentait flotter entre terre et ciel, dans un état propice à la rêverie, celui qu'il aimait tant susciter autrefois quand il inventait ses histoires.

Des lambeaux d'une scène hantaient son esprit. Souvenirs ? Invention ? Les images qui défilaient sur l'écran de ses yeux mi-clos étaient d'une précision hallucinante. Cet arbre, vaste, altier, mais beaucoup plus jeune, leur servait de décor. Une très jeune fille vêtue comme au Moyen Âge était assaillie par trois voyous aux mines patibulaires. Elle était sauvée par un homme blond qui les assommait à l'aide d'un bâton de pèlerin. Interloqué, il reconnut le drapier évoqué dans *Les heures noires de Comberoumale* : Jacques Guernière.

La scène se brouilla et il le revit, de nuit cette fois. Guernière paraissait épuisé. Il grimpa à l'arbre, gagna la fourche où Quentin se trouvait et contempla le paysage baigné par la lumière de la lune. Puis s'agenouillant, il posa les mains sur l'écorce et murmura. Quentin, ahuri, vit le bois se creuser.

L'homme enleva alors une bague passée à son majeur et la glissa dans l'orifice. Du bout des doigts, il lissa l'écorce qui reprit son aspect initial. Ensuite, Jacques Guernière s'évanouit et trois étranges vieilles femmes apparurent et entamèrent une lente ronde autour de l'arbre, leurs lèvres tremblotant comme si elles chantaient une mélodie muette. Elles s'immobilisèrent soudain et tendirent le doigt vers lui, Quentin, semblant attendre un geste ou une décision.

– Quentin, on s'en va !

La vision s'évanouit. Jeanne, qui avait rejoint la voiture, lui adressait de grands signes. Nicolas se tenait à côté d'elle.

– J'arrive, répondit Quentin à regret.

L'image des trois vieilles femmes le hantait, si précise, si intense, qu'il ne parvenait pas à croire qu'il s'agissait d'une illusion. Il allait se laisser glisser au sol quand la curiosité le poussa à inspecter la fourche sur laquelle il s'était installé. Une épaisse couche de mousse mêlée d'humus recouvrait l'écorce. Il l'arracha puis balaya des deux mains l'endroit où il avait vu l'homme creuser la chair de l'arbre. L'écorce, rugueuse, épaisse, était intacte. Quentin tira son couteau de sa poche et l'attaqua. Il batailla ferme avant de parvenir à soulever l'écorce. Dans un craquement sourd, elle céda, révélant une cavité profonde de quelques centimètres. Quentin y enfonça les doigts et en sortit une bague sertie de trois pierres semblables à des rubis.

– J'hallucine, marmonna-t-il en faisant jouer la lumière sur le bijou.

– Tu viens ou tu viens pas ? hurla Nicolas qui s'était avancé au pied de l'arbre et levait vers lui un visage furieux.

Quentin fourra la bague dans la poche de son pantalon, referma son couteau et sauta au sol, les jambes en coton. Même dans ses scénarios les plus fous, il n'avait jamais imaginé un truc pareil !

SACRIFICE

En arrivant rue des Bas-Fossés, Jeanne se gara devant la grille et annonça :

– Les garçons, je n'ai pas envie de m'enfermer dans la maison. Il y a une jolie balade à faire le long de la rivière qui court dans la vallée et un coin ombragé où l'on peut se baigner. Les maillots et les serviettes sont dans le coffre de la voiture. Ça vous dit de lézarder jusqu'à ce soir ?

Nicolas secoua la tête.

– Bof, je préfère rester ici.

– Moi, je t'accompagne ! décida Quentin. C'est une super idée !

Muet, Nicolas descendit du véhicule et le regarda s'éloigner, négligeant de répondre au signe d'adieu que son frère lui adressait à travers la lunette arrière.

Dans la cour régnait une chaleur de four et il se demanda quel plaisir sa mère et son frère trouveraient à affronter pareille canicule même au bord de l'eau. La clé était cachée derrière un pot de fleur. Il la récupéra et entra dans la maison. Une fois dans sa chambre, il ouvrit sa messagerie. Elle était vide. Désœuvré, il cliqua sur le mail énigmatique qu'il avait reçu la veille et écrivit, par jeu :

« Celui-qui-veille est-il là ? »

Quelques secondes s'écoulèrent et la réponse lui parvint :

« Je suis toujours là. »

Intrigué, Nicolas répéta les opérations de vérification qu'il avait effectuées l'avant-veille, sans obtenir davantage de résultats. Le mail semblait n'avoir transité par aucun serveur. Le nombre d'octets reçus via Internet était quasiment nul. C'était comme si l'ordinateur avait sécrété lui-même la réponse à sa question ou si elle était arrivée par d'autres voies que le réseau téléphonique.

– Absurde ! s'exclama-t-il.

Luttant contre son malaise, il écrivit :

« Qu'attends-tu de moi ? »

« Ton aide. »

« Quel est ton problème ? »

« Je suis prisonnier. Toi seul peux me libérer. L'acceptes-tu ? »

« Pourquoi pas ? Comment dois-je procéder ? »

« Avant toute chose, m'obéiras-tu ? »

Le garçon délibéra un bref instant puis tapa :

« Oui. »

« Alors ouvre-moi ton esprit. »

L'écran devint d'un noir d'encre et Nicolas le fixa jusqu'à ce qu'il ait l'impression de tomber dans un précipice.

Quand il sortit dans le jardin, la lumière vive l'éblouit. Il plissa les paupières et se dirigea vers le bassin. Un lézard énorme paressait au soleil, aussi immobile qu'une branchette de bois mort. Nicolas ne prit pas la peine de ralentir son pas, ni de freiner ses mouvements. Il s'approcha de l'animal et, dans un état second, le cueillit entre deux doigts sans qu'il manifeste la moindre velléité de se débattre ou de s'enfuir.

– C'est bien, mon gros, murmura-t-il. Je t'emmène en voyage. Tu vas adorer…

Il retourna dans la maison, sa proie pendant au bout de son bras, et voulut emprunter les escaliers qui menaient à la cave. La porte résista et il se souvint que sa mère l'avait fermée ! Après une hésitation, Nicolas frappa trois fois sur le battant.

Derrière la porte, il y eut un froissement puis un cliquetis métallique. Le pêne joua dans la serrure.

Nicolas frissonna et appuya sur la poignée. La porte pivota, dévoilant les premières marches. Le plafonnier était allumé et une odeur aromatique flottait dans l'atmosphère. Parvenu dans la cave, il se rendit dans la crypte et posa le lézard sur la pierre gravée d'un visage. Celui-ci ne chercha pas à s'enfuir. Nicolas fouilla sa poche à la recherche du couteau que sa mère lui avait offert. Il l'ouvrit et en testa le fil sur son pouce.

– Parfait, murmura-t-il, on ne pouvait rêver plus tranchant.

Le reptile l'observait. Nicolas saisit l'animal et leva son couteau. Un hoquet de dégoût le secoua et ses mains furent parcourues de tremblements.

– Qu'est-ce que je fabrique ? balbutia-t-il. Je ne vais quand même pas tuer cette bestiole !

Il était sur le point de libérer le lézard quand il entendit la voix qui chuchotait à son oreille. Elle était douce, apaisante et lui rappelait tellement celle de son père. Elle lui expliquait ce qu'il devait faire. Des actes utiles, nécessaires. Pour lui. Pour Celui-qui-veille.

Tous deux étaient liés, désormais. Il lui avait donné son sang, involontairement d'abord, puis de manière délibérée. Il était son allié. Il était celui qui l'arracherait à sa prison.

Dans les yeux du reptile brillait une étincelle verdâtre. L'animal ne bougeait pas. Il était une victime consentante, consciente de son destin.

Nicolas leva la main droite et, d'un geste précis, le décapita.

Quand le lézard se fut vidé de son sang, le garçon jeta sa dépouille dans un des conduits d'aération. Ensuite, il revint devant la pierre et s'accroupit, observant le liquide rouge qui disparaissait, bu par la pierre.

Nicolas posa la main à plat sur le visage sculpté et en suivit du doigt les contours. Ils étaient maintenant profonds de plus d'un demi-centimètre. Sous la surface rugueuse, il perçut une pulsation lointaine mais régulière. Un cœur battait quelque part. Très loin. Un cœur qu'on avait tenté de pétrifier, voilà des siècles.

En vain.

Tout était clair dans son esprit. Celui-qui-veille l'attendait depuis toujours. Il lui avait parlé. Il lui avait montré à travers l'écran de son ordinateur ce dont il était capable.

Et lui, Nicolas, serait l'artisan de sa résurrection.

LES RETROUVAILLES

Comberoumale, printemps 1454

C'était la fin mars et le temps était glacial. Un hiver interminable, soupirait-on dans la contrée, qui vous glaçait les os et les sens !

Violaine, assise à côté de sa cheminée, rêvait, le regard perdu dans les braises. Par bonheur, le bois ne manquait pas car dame Geneviève, soucieuse de la santé de ses ouvrières, veillait à ce qu'elles passent l'hiver dans des conditions décentes. Ce soir-là, Violaine avait regagné sa maisonnette toute joyeuse. Sa maîtresse était si satisfaite d'elle qu'elle lui avait fait présent d'un beau morceau de lard gras. Violaine l'avait cuit dans la soupe de légumes et de pois qui constituait son ordinaire et la bonne odeur s'échappant du chaudron avait parfumé la pièce entière.

La chaleur du foyer l'assoupissait et un engourdissement bienheureux la saisit, comme souvent après ses longues heures de travail. Elle était si loin désormais de son existence d'autrefois, quand sa journée était consacrée aux promenades dans les bois, à la cueillette des fruits, des baies ou au braconnage. Sa mère lui manquait. Et un autre aussi, dont elle ne voulait plus prononcer le nom.

D'un geste machinal, elle caressa le ruban de velours vert qu'elle conservait noué dans ses cheveux et qui était son bien le plus cher.

– J'ignorais que tu avais de tels talents de cuisinière...

Violaine poussa un cri et se retourna. Un homme vêtu d'une houppelande grise était installé à sa table. Il tenait un bâton à la main et la contemplait en souriant. Jacques ! Elle se leva et se jeta dans ses bras, pour aussitôt le repousser.

– Pourquoi m'avez-vous abandonnée pendant si longtemps ? Je vous ai maudit !

Il avança la main pour lui caresser les cheveux mais elle rejeta sa tête en arrière.

– Tu m'as maudit ! dit-il en suspendant son geste, eh bien il est heureux que ta connaissance des sortilèges soit si peu avancée, j'aurais pu m'en mordre les doigts. M'invites-tu quand même à souper ?

Une moue boudeuse se dessina sur les lèvres de la jeune fille, qui céda la place à une expression de stupéfaction. Ses yeux venaient de se poser sur la porte qu'elle avait pris soin de barrer lorsqu'elle était rentrée chez elle. Jacques surprit son regard.

– Un obstacle, aussi épais soit-il, n'empêche pas un sorcier d'entrer quelque part, s'il le souhaite. En doutais-tu ?

Violaine songea à son apparition miraculeuse, le jour où elle l'avait appelé à l'aide, et secoua la tête.

– Non. Et je suis ravie que vous soyez doué d'un tel pouvoir. Sinon, vous seriez dehors à vous transformer en glaçon car moi, j'aurais refusé de vous ouvrir !

– Tu m'en veux tant que cela ?

La jeune fille baissa le nez.

– Plus maintenant. Était-il cependant si important que nous passions pour de parfaits étrangers ? Où étiez-vous parti ?

Violaine alla jusqu'au coffre d'où elle sortit deux écuelles qu'elle remplit de soupe. Ensuite, elle posa sur la table du pain noir et deux cuillères en bois. Son visage était courroucé, pourtant chacun de ses gestes trahissait sa joie de retrouver Jacques.

À peine eurent-ils commencé à manger qu'elle demanda :

– Vous ne répondez jamais à mes questions. Où étiez-vous parti ?

– Nulle part ! fit le sorcier. J'attendais que le temps s'écoule afin que personne à Comberoumale ne m'associe à toi. Jacques Guernière t'a aidée, Jacques Guernière t'a oubliée. Tout va donc pour le mieux.

Il tendit le bras et saisit la main de la jeune fille. Elle était tiède. Il sentit sur sa paume et ses phalanges les cals provoqués par les instruments de couture. Jacques les frotta comme s'il voulait les faire disparaître. Cette enfant travaillait dur. Trop dur.

– Et pourquoi cela ?

– Je te l'ai déjà expliqué, répondit-il. C'est très important, Violaine. Partout les sorciers sont craints, haïs. Quand on les démasque, on les torture de la manière la plus atroce qui soit. On leur inflige le supplice du bûcher. Peux-tu imaginer mort plus épouvantable ? Si, par malheur, il m'arrivait pareille infortune, tu ne serais pas suspectée de me connaître.

Violaine plaqua sa main sur sa bouche et étouffa un cri d'horreur.

– Rassure-toi, rien de tel ne surviendra et nous serons d'une discrétion exemplaire. À partir d'aujourd'hui, reprit Jacques, ton éducation commence !

Il ramassa un sac de cuir à ses pieds et en sortit un gros livre, un rouleau de parchemin, un encrier et une boîte oblongue qu'il ouvrit. Elle contenait deux plumes d'oie, un grattoir et un petit couteau à la lame effilée.

– Comme je te l'avais promis, tu vas apprendre à lire et à écrire. En français et en latin. Mais avant…

Empoignant sa cuillère, il la plongea dans son écuelle fumante.

– Nous allons nous régaler. Ce serait un péché de laisser cette soupe refroidir davantage !

LE MIROIR MOUVANT

Mme de Varonnet était bouleversée. Elle quitta la fenêtre d'où elle observait la rue. Pourquoi ne venait-il pas ?

Bien sûr, elle avait agi avec trop de précipitation quand elle avait rencontré ce garçon et sa mère. Ce n'était pas la meilleure attitude à adopter mais elle avait été prise de court ! Elle était la gardienne, la veilleuse, pourtant rien ne l'avait préparée à ce qui s'était produit trois jours plus tôt.

Le visage de l'adolescent s'imposa à son esprit. La mère avait dit qu'il s'appelait Quentin. Ces cheveux blonds, ces yeux en amande, ce nez busqué, ce sourire ironique... La ressemblance était hallucinante. C'était lui, sans conteste !

Lui.

Son cœur se mit à battre avec violence et une très ancienne douleur se réveilla.

Elle réfléchit. Quentin était des siens, aucun doute à avoir de ce côté-là. Quand elle s'était dédoublée, il l'avait vue, il l'avait entendue, il avait compris son message. Son regard pouvait plonger au-delà des apparences mais il ne le savait pas jusqu'alors. Le malheureux avait sans doute cru devenir fou.

Un souvenir s'imposa soudain à son esprit. Les derniers mots d'Eliphas ! Elle se souvenait parfaitement de ce soir où il lui avait demandé de venir à son chevet. Depuis des semaines, il était alité, gravement affaibli, épuisé par la vieillesse et la maladie et c'est à peine s'il parvenait à communiquer avec ses proches.

Elle s'était assise sur le lit du mourant. Eliphas avait pris sa main. Ses yeux étaient vitreux. Au terme d'un effort éprouvant, il était parvenu à lui parler.

– Ta mission est importante, avait-il dit. Plus importante que tu ne l'imagines. Pour ton malheur, tu portes la marque d'Azael…

Il s'était interrompu et avait fermé les yeux. Elle avait cru qu'il s'était endormi mais il avait chuchoté :

– Un jour, il est possible qu'il revienne. Tu devras être là pour l'attendre.

Elle avait hoché la tête. Celui qu'ils redoutaient entre tous n'était pas mort et sommeillait dans la pierre. Rien ne prouvait qu'il en resterait prisonnier jusqu'à la fin des temps. À son grand étonnement, Eliphas avait ajouté d'une voix éteinte :

– Ce jour-là, il faudra que tu l'assistes. Rends-lui son bâton et veille sur lui : le choc sera rude…

Se redressant, il avait désigné de son index tordu par les rhumatismes une feuille de parchemin roulé retenu par un fil de laine.

– Prends ceci et donne-le-lui, le moment venu. Il saura le lire.

De surprise, elle s'était levée. Comment Eliphas pouvait-il souhaiter qu'elle aide le démon qui était la cause de tant de malheurs ? Elle n'avait pas éclairci ce mystère. Exténué, le vieillard avait baissé ses paupières et s'était évanoui. Il était mort dans les heures qui avaient suivi.

Elle avait mis ces propos étranges sur le compte de l'agonie et, quand elle avait déroulé le parchemin, elle l'avait trouvé vierge ! Aucun sort de révélation ne lui avait permis d'y faire apparaître un texte. Eliphas avait-il perdu l'esprit avant de mourir ? Elle avait cependant conservé le rouleau, dans l'attente improbable que *quelque chose* arrive.

Mme de Varonnet pinça les lèvres, comprenant qu'elle s'était méprise sur les paroles de son maître. Eliphas n'avait pas fait allusion à Celui-qui-veille, comme elle l'avait cru jusqu'alors, mais à Jacques !

Et voilà qu'il était revenu ! Il n'y avait qu'une explication possible : Eliphas et d'autres sans doute avaient utilisé le sort d'éternité, en dépit de sa difficulté et du danger qu'il représentait pour ceux qui le mettaient en œuvre. Pourquoi Eliphas ne le lui avait-il jamais révélé ?

Les traits de la vieille femme se crispèrent et elle passa une main fiévreuse sur son front. Les événements s'enchaînaient trop vite. Elle éprouvait un mélange de joie et d'angoisse mêlées. C'était à la fois merveilleux et grave. Terriblement grave.

L'entité qui était assoupie, emprisonnée dans la pierre, s'était-elle, pour une raison qu'elle ignorait, réveillée ? Avait-elle perçu la présence des arrivants ?

À peine les Daurevilly étaient-ils arrivés qu'ils étaient descendus dans la cave. Pire, ils avaient découvert le laboratoire ! Celui-qui-veille les y avait-il attirés ? Qui sait même s'il n'avait pas reconnu Jacques à travers Quentin ? Heureusement, il était très faible après six siècles de captivité et de jeûne.

Sa rencontre avec Jeanne avait été providentielle. Son mensonge concernant les risques d'asphyxie avait paru l'impressionner. Ses fils ne mettraient plus les pieds dans la cave de sitôt. Il fallait maintenant que le garçon nommé Quentin lui rende visite. Elle s'était débrouillée pour que sa mère l'emmène jusqu'au vieux chêne, dans l'espérance que les souvenirs lui reviennent.

– Il faut que je sache ! s'exclama-t-elle. Je dois essayer encore.

Elle monta au dernier étage de sa maison. La pièce dans laquelle elle entra était méticuleusement rangée. Il s'y trouvait une bibliothèque remplie de livres, une table surchargée de flacons, de boîtes multicolores et d'instruments de chimie. Des armoires de bois massif occupaient les murs.

Mme de Varonnet tira de l'une d'elles un bassin de terre cuite qu'elle posa sur la table. Elle le remplit d'eau claire puis collecta divers ingrédients qu'elle broya dans un mortier. Quand elle eut obtenu une poudre d'un beau gris scintillant, aussi fine que de la cendre, elle la saupoudra sur l'eau. La poussière se répandit à la surface du liquide et y forma un vernis transparent.

Une vapeur laiteuse s'en dégagea puis se dissipa en quelques secondes, cédant la place à une lueur dorée qui se réverbéra sur ses pupilles. Une forme brumeuse se matérialisa et gagna rapidement en précision. Mme de Varonnet distingua la silhouette d'un garçon châtain qui tenait un objet brillant dans sa main droite. Soudain, la figure frémit, se voila et s'évanouit.

Comme à chaque fois qu'elle avait voulu s'en servir pour découvrir ce qui se passait dans la maison des Leplessis, le miroir mouvant avait été incapable de remplir son office...

L'ORAGE

Depuis deux jours, la canicule avait atteint des sommets. À Comberoumale, bêtes et gens, accablés par la chaleur, s'abritaient durant les heures les plus chaudes et ne sortaient qu'en soirée, pour profiter de la relative fraîcheur qu'apportait la tombée de la nuit.

Nicolas resta toute la matinée enfermé dans sa chambre. À midi, Quentin, surpris de ne pas l'entendre répondre quand il vint le chercher pour déjeuner, entra sans frapper et le trouva plongé dans la contemplation de son écran éteint. Ce n'est qu'au bout de trois appels que son frère se tourna vers lui, le regard ensommeillé, et répondit d'une voix lasse qu'il arrivait.

– Tu bloques sur un problème de programmation ? demanda Quentin.

Nicolas fronça les sourcils, comme s'il ne comprenait pas la question, et son frère n'insista pas.

À son habitude, Nicolas ne lâcha pas un mot du repas. Jeanne, engourdie par la chaleur, ne s'en inquiéta pas. Elle-même était sujette à une intense fatigue. Dès la dernière bouchée avalée, elle se rendit au salon et s'endormit sur le canapé.

Après une longue période d'insomnie consécutive à la mort de son mari, elle se laissait parfois aller à l'oubli, comme pour rattraper le sommeil perdu.

Quentin retourna dans sa chambre. Il prit un livre qu'il reposa aussitôt. Depuis la découverte de la bague, il éprouvait des difficultés à se concentrer : sa raison, déjà mise à mal par les événements des jours passés, était à présent sens dessus dessous. Plongeant la main dans sa poche, il en retira le bijou qu'il passa à son majeur pour l'étudier une nouvelle fois. L'anneau devait être en argent. Quant aux pierres, elles étaient d'un rouge profond, sanguin, et leur surface bombée luisait comme si des braises couvaient à l'intérieur.

Comment avait-il pu avoir la vision de l'endroit où était caché le bijou ? D'ailleurs, si sa mère n'avait pas eu l'idée d'aller jusqu'au vieux chêne sur les conseils de Mme de Varonnet, jamais il ne l'aurait trouvé !

Mme de Varonnet... Faisant pivoter l'anneau autour de son doigt, il songea que, depuis son hallucination, la vieille femme était à l'origine de la plupart des incidents bizarres qui avaient ponctué les dernières soixante-douze heures : la découverte des *Heures noires de Comberoumale*, celle de la bague.

Il fallait qu'il la rencontre ! Que risquait-il ? Passer pour un fou ? C'était une épreuve supportable.

Abandonnant son lit, il griffonna sur un bout de papier : « Je vais faire un tour en ville ». Ensuite, il descendit les escaliers à pas de loup, posa son mot sur la table de la cuisine et sortit.

Pas un souffle de vent ne rafraîchissait la cour baignée de soleil et la chaleur qui montait des pavés chauffés à blanc lui coupa le souffle. Quentin cligna des yeux, ébloui, et sentit des rigoles de sueur dévaler le long de son dos.

– Une bonne pluie et qu'on n'en parle plus ! s'exclama-t-il.

La rue était une étuve, le goudron bouillant collait à ses chaussures et c'est en nage qu'il se dirigea vers la maison de Mme de Varonnet. Il n'avait pas parcouru dix mètres que le vent se leva et le ciel se couvrit de nuages bas et lourds, couleur de plomb. On aurait dit d'énormes serpents grisâtres se tordant au-dessus de la ville.

La lumière vira au jaune et la température chuta d'un seul coup. Dans un fracas de tonnerre, les nuages crevèrent et des trombes d'eau s'abattirent sur Comberoumale. L'air s'emplit d'un lourd parfum de terre humide. Cinglé par l'averse, Quentin courut droit devant lui. Les gouttières débordaient et déversaient leur trop-plein sur la rue dans des gerbes d'éclaboussures. Les caniveaux transformés en torrents charriaient des flots ternes agités de tourbillons.

Il arriva trempé chez la vieille femme et traversa la cour en essayant de ne pas glisser sur les pavés. La porte s'ouvrit avant qu'il ait le temps de frapper. Debout sur le seuil, Mme de Varonnet lui souriait.

– Entre, Quentin, je t'attendais.

Nicolas, planté devant la fenêtre de sa chambre, regardait le déluge qui s'abattait dans un fracas assourdissant et noyait le paysage. Cet orage soudain contrecarrait ses projets. Juste après le déjeuner, il était sorti côté jardin et avait aperçu un chat qui se dissimulait dans les herbes. Quand il l'avait appelé, le félin était venu se frotter contre sa main. Désormais, les animaux lui obéissaient au doigt et à l'œil. Ce chat était autrement plus gros que les lézards qu'il avait attrapés. Celui-qui-veille serait satisfait de cette offrande. Hélas, cet orage malencontreux bouleversait ses projets ! Le chat devait se terrer quelque part et ne reviendrait pas de sitôt. Ce n'était que partie remise. Le moment venu, il l'emmènerait dans la cave.

Celui-qui-veille, enkysté dans la pierre, serait satisfait de lui.

Pleinement satisfait.

Il l'avait aidé à surmonter sa peur. Il l'avait aidé à comprendre qu'il n'agissait pas mal en nourrissant la pierre.

Quand Celui-qui-veille s'incarnerait, lui et Nicolas seraient en mesure d'ouvrir la porte à leur Maître. Mais il faudrait pour cela retrouver son corps divin puis enrôler des fidèles par toute la terre afin que, le moment venu, où qu'ils se trouvent, ils écrivent son nom et le guident vers ce monde.

Celui-qui-veille et lui, Nicolas, seraient la lumière d'où naît l'obscurité.

Les sourcils de l'adolescent se froncèrent. Voilà qui serait la difficulté majeure. Comment amener des milliers et des milliers d'individus à écrire le même nom au même moment ? Le problème se poserait un jour ou l'autre et il faudrait être en mesure de le résoudre.

À cet instant, Nicolas sentit une idée trembloter dans son esprit, aussi fragile que la flamme d'une bougie. Il s'immobilisa, attentif à la pensée ténue qui tentait de naître dans son cerveau. Sa respiration se bloqua quand, d'un coup, il sut comment procéder. La solution était d'une élégante simplicité pour qui savait faire ! Rien alors n'empêcherait la venue du Maître.

Il tira les volets et retourna s'asseoir devant son portable. À toute serrure, il fallait une clé.

Internet et son ordinateur seraient cette clé !

LA PIERRE DE SANG

Violaine soupira de bonheur. Un vent tiède baignait son visage et du sac qui pendait à son épaule montaient des parfums délicieux. En ce soir de Saint-Jean, Jacques l'avait emmenée herboriser dans les champs en bordure de la forêt des Fadettes. Personne ne s'y serait risqué à cette heure : la crainte des loups éloignait les plus courageux et nul ne surprendrait les deux sorciers pendant leur cueillette.

En dépit de la lumière déclinante, Jacques lui montra une plante d'une trentaine de centimètres. Elle avait des feuilles ovales d'un vert profond et portait des grappes de fleurs blanchâtres.

– Allons, Violaine, peux-tu me dire son nom et à quoi elle sert ?

– Oui, répondit-elle. On l'appelle sceau-de-Salomon. Elle permet de soulager les contusions et stimule la réparation des chairs blessées. La racine a une action astringente et calmante qui accélère la cicatrisation. On la mélange à la mandragore pour en faire une pâte qui, associée à un sort de transformation, rend la peau aussi dure que le métal le plus résistant.

Violaine avait répondu d'un trait, sans prendre le temps de respirer. Jacques éclata de rire. Sa protégée possédait une mémoire fabuleuse et son désir d'apprendre était insatiable. Voilà seulement quatre mois qu'elle étudiait sous sa houlette et elle était déjà en mesure de déchiffrer et de retenir le contenu des énormes grimoires qu'il lui confiait à chacune de ses visites.

– Jacques...

La voix de Violaine était soudain beaucoup moins assurée. Pressentant qu'elle souhaitait lui demander quelque chose d'important, le sorcier attendit qu'elle prenne la parole.

– Jacques, j'aimerais que nous allions jusqu'à l'endroit où ma mère et moi avions notre maison. Je n'y suis jamais retournée et je crois qu'il est temps que je...

Ses mots se perdirent dans un murmure. Plutôt que de répondre, Jacques la prit par l'épaule et ils se mirent en route.

Une lumière pâle baignait la clairière quand ils y arrivèrent. Un tas de poutres calcinées marquait l'emplacement de la chaumine et le jardin n'était plus qu'un carré d'herbes folles. Violaine y jeta un regard désolé puis se rendit jusqu'à l'endroit où ils avaient enseveli la Galafre. Il ne restait rien du monticule qui signalait la présence de la tombe. La terre s'était tassée et un gazon dru y avait poussé. Violaine s'assit et le lissa de la main.

Jacques, le cœur serré, redoutait de voir sa protégée éclater en sanglots mais elle manifestait un calme qui le surprit.

– Voyez-vous, dit-elle enfin, quand cet hiver vous m'avez annoncé que je deviendrais comme ma mère une sorcière, j'ai eu envie de vous envoyer au diable. Je sais aujourd'hui que c'est vous qui aviez raison et que ma route est tracée. Ma mère, aujourd'hui, serait fière de moi.

Violaine avait parlé avec force et conviction. Jacques acquiesça. Il ne pouvait distinguer que la moitié de son visage. L'autre était dissimulée par les ombres qui noyaient à présent les lieux.

– Pour elle, assura-t-elle, je deviendrai une grande sorcière.

Elle se sentit rougir quand elle ajouta :

– Pour vous aussi.

La jeune fille tâtonna jusqu'à ce que ses doigts rencontrent ceux de Jacques. La présence de cette petite main dans la sienne le troubla mais il s'efforça de ne pas le montrer.

– Je n'ai pas connu mon père et je ne saurai jamais rien de lui. Ma mère a toujours refusé de m'en parler, si ce n'est pour me dire qu'il était mort. Je n'ai plus que vous au monde...

Jacques fut tenté de lui avouer : « Moi aussi, je n'ai que toi au monde ! » Il se contenta de caresser sa paume et murmura :

– Si tu le veux, Violaine, je serai comme un père pour toi.

Deux ans passèrent. Violaine avait fait de tels progrès que Jacques lui enseigna le grec et l'hébreu ainsi que la pratique des sorts complexes qui permettent d'agir sur les êtres et les choses.

Un soir, comme à l'accoutumée, il apparut, surgi de nulle part. Comme elle s'étonnait de le voir les mains vides, il déclara :

– Donne-moi le bras, je t'emmène.

Violaine obéit. Elle crut trébucher et sa vision se brouilla. Quand elle vit clair à nouveau, elle se trouvait dans une salle qu'elle ne connaissait pas. Les murs et le plafond voûté étaient de pierre. Une faible lumière provenait de globes lumineux flottant dans les airs. La pièce ne comportait aucune ouverture, hormis quelques orifices ménagés dans les murs. Un léger courant d'air s'en échappait. Dans un curieux fourneau en forme de tour couvaient des braises.

Adossée à la paroi, une bibliothèque accueillait des dizaines de grimoires et des rouleaux de parchemin. Une table rectangulaire occupait un pan entier de mur et Violaine aurait été en peine de dire à quoi servaient les instruments de métal et de verre qui y étaient disposés.

Le sol présentait une curieuse particularité. En son centre, une pierre rouge gravée d'un visage ricanant était encadrée par une série de dalles disposées de manière à former une figure octogonale. Les dalles étaient ornées de sculptures que la pénombre estompait. Elle reconnut un bestiaire étrange, et des étoiles aux formes géométriques. Sans qu'elle comprenne pourquoi, la jeune fille éprouva un curieux sentiment d'angoisse qui se dissipa rapidement.

– Voilà mon royaume ! déclara Jacques.

– Comment sommes-nous arrivés là ? s'étonna Violaine.

Le sorcier affectait une mine réjouie.

– Tu l'apprendras bientôt ! Pour un magicien, pas besoin de portes. Pour l'instant, tu viendras dans cet endroit sous ma conduite, mais un jour tu pourras y pénétrer seule, je te le promets.

– Je saurai aller d'un endroit à un autre sans marcher ? Je saurai traverser les murs de pierre ?

Un émerveillement de petite fille se lisait dans les yeux de Violaine. Jacques fit claquer son bâton sur le sol et aussitôt, les globes qui tournoyaient au-dessus de leurs têtes émirent une vive clarté.

– Cela et bien d'autres choses encore, ma chère !

Deux nouvelles années passèrent. Pour tous, à Comberoumale, Violaine était une modeste cousette, taciturne et secrète qui, à peine sa journée de travail terminée, courait s'enfermer chez elle, comme apeurée par le monde. Qui aurait deviné qu'à dix-sept ans, ses progrès en sorcellerie avaient dépassé les espérances de son maître ? Depuis le premier soir, elle apprenait avec une opiniâtreté qui le surprenait et, en son for intérieur, il était certain qu'avant longtemps elle serait son égale.

Une nuit, Jacques lui demanda de fermer les yeux et de tendre la main. Violaine sentit qu'il y déposait un objet. Quand elle souleva les paupières, elle vit qu'il avait placé dans sa paume ouverte un bâton de sorcier. Son cœur s'emballa. Elle avait reconnu la médaille de bronze fixée à son extrémité. C'était le bâton de sa mère ! Seule une ligne pâle sur le bois, comme une ancienne cicatrice, témoignait qu'un jour il avait été brisé. Des runes entrelacées couraient sur la surface.

La tête inclinée sur le côté, Jacques la contemplait, un large sourire aux lèvres.

– J'ai été long à le restaurer, expliqua-t-il. Voilà presque quatre ans que je le conservais précieusement, attendant avec impatience que tu sois digne de le recevoir. Ce moment est arrivé. Il est aussi solide que le jour où ta mère l'a taillé. Je l'ai noué avec des sorts qui lui confèrent une puissance qu'il n'a jamais possédée. Ta mère était davantage qu'une guérisseuse, toi tu es une sorcière à part entière, désormais.

La jeune fille prit le bâton et, dans le regard qu'elle adressa à son maître, il y avait beaucoup plus que de la reconnaissance ou de la simple affection. Jacques s'en rendit compte et toussota dans son poing fermé pour dissimuler sa gêne. Il affectait l'indifférence mais il y avait, dans sa manière de parler à Violaine, dans les gestes qu'il avait pour l'aider à placer ses mains afin de réaliser un sort délicat, davantage de douceur et de tendresse que nécessaire. Il se le reprochait souvent, conscient que leur différence d'âge était un obstacle qu'il n'avait pas le droit de franchir.

S'il restait discret sur ses sentiments, il ne lui cachait rien des immenses connaissances qu'il avait faites siennes. Rien, excepté le secret de cette pierre rougeâtre, qui, à chaque fois qu'elle la foulait, semblait murmurer qu'elle recelait un mystère. Parfois, Violaine croyait entendre quelqu'un l'appeler. Quelqu'un qui connaissait son nom, qui savait d'elle ce qu'elle-même ne savait pas. Mais elle refusait de s'abandonner à ces idées grotesques, mettant cette voix assourdie sur le compte de son imagination.

Pourtant, plus le temps passait et plus l'envie de connaître le secret de cette pierre la rongeait, sournoise, incessante. Ce désir la poursuivait jusque dans ses rêves, lui causant à son réveil une sensation de frustration intolérable. Violaine avait appris à identifier les principales figures de protection. Or l'octogone qui emprisonnait la dalle au visage ricanant en était une d'une puissance colossale. Pour quelle raison Jacques l'avait-il tracée ? Un soir, n'y tenant plus, elle referma le livre qu'elle étudiait et désigna le sol :

– Jacques, qu'y a-t-il caché sous cette pierre ?

Sa voix avait rompu le silence studieux qui régnait dans la pièce. Le sorcier posa sa plume et prit le temps de souffler sur les mots qu'il venait d'écrire afin que l'encre sèche plus vite.

– Pourquoi me demandes-tu cela, Violaine ?

– Parce que je suis sûre d'y percevoir quelque chose, une présence, sans trop savoir quoi ou qui exactement. Me répondrez-vous, si j'insiste ?

Après un silence, Jacques se tourna vers la jeune fille et l'étudia avec attention.

– Je crois qu'il est inutile de te faire attendre davantage, tu me tannerais jusqu'à ce que je cède ! Ce qui est certain, c'est que tes pouvoirs sont beaucoup plus puissants que je ne l'imaginais car tu as senti celui qui est prisonnier de la pierre. Je pensais t'en parler un jour ou l'autre, ne serait-ce que pour que tu t'en méfies !

Son visage était grave et, pour la première fois depuis qu'elle le connaissait, Violaine perçut une note d'inquiétude dans sa voix quand il ajouta :

– Ouvre grand tes oreilles, c'est une étrange aventure que je vais te conter.

La jeune fille hocha la tête avec reconnaissance et sentit un picotement d'excitation courir le long de sa colonne vertébrale quand Jacques commença en ces termes :

– La pierre que tu vois là est peut-être la chose au monde que je redoute le plus. Elle est venue en ma possession dans des circonstances sinistres. On la nomme la pierre de sang et son histoire est, il n'y a pas d'autre mot… démoniaque.

LE RÉCIT DE MADAME DE VARONNET

Tandis que Quentin dégoulinait sur le paillasson, Mme de Varonnet s'absenta. Elle revint avec un drap de bain et un peignoir.

– Je crains que tu ne sois obligé de te changer, tes habits sont trempés. Commence par enlever tes chaussures, je n'ai pas envie que tu abandonnes des flaques d'eau un peu partout.

Quentin s'exécuta, honteux de cette arrivée ridicule. Très à l'aise, la vieille femme le conduisit dans un cabinet de toilette où il se déshabilla, enfila le peignoir et frictionna ses cheveux et son visage. Ses bras étaient douloureux, sa nuque raide et une fatigue surprenante alourdissait ses jambes. Les événements le prenaient de court. Pas son hôtesse, apparemment, qui frappa à la porte et emporta ses vêtements sans se départir de son sourire amusé.

Mme de Varonnet réapparut bientôt et lui fit signe de la rejoindre. Il entra dans un salon et elle lui indiqua un canapé. Le garçon s'y installa, ramena les pans du peignoir sur ses jambes et observa les lieux. Sa mère aurait adoré cette pièce. Elle était encombrée d'un bric-à-brac de meubles anciens qui auraient ravi n'importe quel amateur d'antiquités. Les murs étaient recouverts d'un élégant papier peint olive coordonné au vert patiné de la bibliothèque.

– Ainsi, tu nous amènes la pluie... C'est magique, n'est-ce pas ?

Derrière les formules convenues, Quentin perçut une allusion qu'il ne parvint pas à éclaircir. Il est vrai que cet orage était surprenant. Jamais il n'avait vu le temps changer aussi vite. Comme il regardait son hôtesse avec une expression déconcertée, celle-ci ajouta :

– Il faudra que tu apprennes à contrôler ce que tu fais. On ne doit pas jouer avec les éléments. Qui sait ce qu'une fantaisie de cette sorte, ici, peut entraîner ailleurs ? D'autant que quand tu déclenches une tempête, tu n'y vas pas de main morte. Quelle belle énergie !

– Je ne comprends rien à ce que vous racontez ! explosa Quentin. Qu'est-ce que je dois apprendre à contrôler ? Qu'est-ce qui se passe, enfin ? Est-ce que je suis devenu complètement fou et est-ce que vous l'êtes autant que moi ?

Il se tut, honteux d'avoir parlé sur ce ton. Mme de Varonnet ne s'offusqua pas et répondit avec douceur :

– Tu ne deviens pas fou, Quentin. Tu te réveilles, ce qui est aussi déroutant.

Une théière fumante, deux tasses et une assiette de petits gâteaux étaient disposées sur une table basse, comme en prévision d'une visite. Juste à côté, un coffret de bois délicatement marqueté attira son attention. Quentin balbutia :

– Vous étiez certaine de ma venue ?

– On ne peut jurer de rien, s'égaya-t-elle. Disons que les probabilités étaient fortes. Un thé ? Du lait, du sucre ?

Quentin acquiesça. Il lui semblait que sa langue était collée à son palais. Tout se détraquait autour de lui et cette femme se comportait comme si tout était naturel. Un atelier d'alchimiste, des gouttes de sang qui s'évaporent, des grimoires de magie noire, une vieille dame qui se dédouble, des connaissances qui vous viennent de nulle part, une bague cachée depuis des siècles sous l'écorce d'un chêne et des orages qui éclatent simplement parce que vous avez un peu trop chaud...

Mme de Varonnet désigna une tasse d'un mouvement gracieux de la main. Encore une fois, il fut sensible à sa beauté. Le temps l'avait marquée sans la déposséder d'une grâce juvénile. Elle portait, de manière singulière pour une personne de son âge, les cheveux sur les épaules. Ils étaient blancs, brillants et Quentin se demanda quelle avait été leur couleur dans sa jeunesse. Quant à ses yeux, ils étaient d'un vert profond, lumineux et le fixaient avec bienveillance. Troublé, il but une gorgée de thé afin de se donner du courage. Il avait encore froid et sa voix trembla quand il dit :

– S'il vous plaît, expliquez-moi ce qui se passe. Depuis plusieurs jours, tout semble s'être détraqué autour de moi !

– Raconte-moi ce qui s'est détraqué, répondit-elle, et j'essaierai de répondre à tes interrogations. J'avoue cependant que beaucoup de choses m'échappent à moi aussi !

Quentin raconta leur arrivée à Comberoumale, la découverte de la cave, du laboratoire. Le visage de Mme de Varonnet se crispa quand il fit allusion à la blessure de Nicolas. Lorsqu'il relata l'épisode des gouttes de sang, elle faillit renverser sa tasse et la reposa si maladroitement que la porcelaine émit un tintement outragé.

– Et je n'ai rien vu ! gémit-elle. Rien !

Le garçon s'étonna. Qu'aurait-elle dû voir ? Mais déjà elle reprenait :

– Ton frère est-il retourné dans le laboratoire ?

– Non. Maman ne veut plus qu'on y mette les pieds. Elle a fermé la porte et caché la clé.

Mme de Varonnet esquissa un mouvement des lèvres amer.

– Si ton frère veut y descendre, cela ne l'empêchera pas. Ouvrir une porte, pour peu que Celui-qui-veille ait repris des forces, n'est pas un problème. Ce que je ne comprends pas, c'est comment il aurait pu recouvrer sa vigueur. Voilà six siècles qu'on ne l'a pas nourri !

L'adolescent frémit. Qui n'avait-on pas nourri ? Et avec quoi ?

– Mais qu'est-ce qui se cache en bas ? Et qui êtes-vous donc ?

Il avait failli perdre de nouveau son calme. Mme de Varonnet reprit sa tasse.

– Ne l'as-tu pas deviné ? Ou plutôt devrais-je dire : ne t'en souviens-tu pas ?

Elle sourit puis déclara d'un ton badin :

– Voyons, je suis une sorcière.

Mme de Varonnet l'observait, en attente de sa réaction. Quentin se redressa et inspira à plusieurs reprises. Bon ! Soit il éclatait de rire, soit il la traitait de folle une seconde fois et se sauvait ventre à terre, soit enfin il se calmait et réfléchissait posément.

– Et bien entendu, ironisa-t-il, si vous êtes une sorcière, moi je suis...

– Un sorcier !

Le ton était sans réplique et sa tentative de plaisanterie était tombée à plat. Quentin finit par bégayer :

– Mais je n'ai jamais...

Mme de Varonnet balaya son objection d'un geste de la main.

– Disons que tu es une espèce particulière de sorcier. Pour une raison que je pense avoir comprise, tu es revenu et je suis heureuse de me trouver à Comberoumale pour t'accueillir. Tu as été un grand mage, dans une autre vie. Si tu es là, c'est que l'heure est grave car tu es lié à l'être qui est emprisonné dans la cave des Leplessis. Comme tu t'en doutes, tu te nommais jadis Jacques Guernière. Rassure-toi, cependant. Celui qu'était Jacques Guernière n'éliminera pas la personnalité qui est la tienne. Le sort d'éternité ne permet pas cela.

– Le sort d'éternité ? répéta Quentin éberlué.

– Oui, le sort qui a permis que, malgré la mort et les siècles, tout son savoir et tous ses pouvoirs survivent à Jacques Guernière. Ils te reviendront bientôt, n'en doute pas, et tu sauras t'en servir. Cet orage que tu as déclenché n'en est qu'un tiède avant-goût.

Quentin hocha la tête et contempla les vitres ruisselantes de pluie.

– Il faut t'armer de courage, reprit Mme de Varonnet. Celui que Jacques est parvenu à chasser de ce monde, voilà presque six siècles, est en passe d'y revenir.

– Qui est en passe de revenir ? Et comment savez-vous tout cela ?

Dans les yeux de la vieille femme brillait une pâle étincelle.

– Je le sais parce que j'ai connu Jacques et que j'ai une dette envers lui.

– Vous n'allez pas me dire que vous avez plus de cinq cents ans ! s'indigna Quentin.

– J'ai très exactement cinq cent soixante-six ans, répliqua-t-elle. À l'époque dont je te parle, je me nommais Violaine, j'avais dix-sept ans et je… et Jacques Guernière était mon maître. C'est une longue histoire. Mais auparavant, laisse-moi plutôt te conter celle de cette étrange pierre que tu as vue dans la cave. On la nomme la pierre de sang. J'essaierai d'employer pour toi les mêmes mots que Jacques employa pour me la raconter. Peut-être t'aideront-ils à te souvenir.

LE RÉCIT DE JACQUES

« À l'automne de l'an de grâce 1439 – il y a presque dix-huit ans de cela – j'entrepris un voyage qui devait me conduire jusqu'à Rennes, dans la forêt de Brocéliande. J'avais vingt-deux ans et je rendais visite à l'un des plus fameux enchanteurs qui fût : Myrdhinn Braoudec, héritier des druides de Bretagne.

Nous vivions une époque sombre et troublée. Le roi Charles VII régnait tant bien que mal, la France était déchirée entre des intérêts divergents et la guerre avec les Anglais durerait encore treize longues années. Les voies de communication n'étaient pas sûres mais j'étais un magicien puissant et je ne craignais pas grand-chose de ces folies humaines. Au besoin, je pouvais me rendre invisible aux bandes de mercenaires ou de pillards qui sillonnaient les routes de notre pays. Quant aux coupe-jarrets qui avaient eu l'infortune de croiser mon chemin et de s'en prendre à moi, ils avaient éprouvé une telle frayeur qu'à mon avis, ils courent encore !

J'allais à pied, avec pour seul compagnon mon bâton de sorcier, celui que mon vieux maître Myrdhinn avait taillé et gravé pour moi dans du buis, et j'avais l'humble allure d'un pèlerin qui rentre de Compostelle.

La traversée du Poitou s'était déroulée sans encombre et j'avais atteint la Vendée. La vieille forêt gauloise y pousse toujours, plantée de chênes immenses qui s'enracinent dans la terre maigre et le grès.

Comme tu le sais, j'aime battre la campagne. Ce jour-là, j'étais à mon affaire. Je suivais, émerveillé, un chemin boueux creusé d'ornières et bordé d'une haie de ronces et d'ajoncs. Sous le ciel bas, la lande moutonnait, éclaboussée du jaune des genêts, avec, par endroits, les flaques roses et mauves des bruyères et les trouées d'innombrables mares brunes semées de lentilles d'eau.

J'ai lu et entendu mille fois les légendes mettant en scène Arthur et ses chevaliers ; il me plaisait de les imaginer parcourant un tel décor. Je m'étonnais cependant de ne croiser âme qui vive. Point de petites gardiennes d'oies. Point d'enfants accompagnant les vaches ou les gorets. N'eussent été les champs clos de murets de pierres sèches, survolés par des bandes de corbeaux criards, on se serait cru au cinquième jour de la Genèse : un désert livré aux animaux et à la végétation.

Mes pas me menèrent dans un village perdu dont j'ai oublié le nom. Un climat de peur y régnait, si oppressant qu'il paraissait imprégner l'air que je respirais ainsi que les pierres ternes des maisons. Les rares habitants que je croisai me dévisagèrent avec défiance en dépit de la coquille Saint-Jacques que je portais à ma ceinture. Ce signe m'avait servi de sésame en bien des endroits. Ici, il ne m'attirait que des regards agressifs ou effrayés.

Par bonheur, j'avisai une chapelle. Je frappai à la porte du presbytère. Le prêtre m'ouvrit et me détailla avec bienveillance. Il était vêtu presque aussi pauvrement que moi mais dans ses yeux, surmontés de sourcils plus blancs que neige, brillait une flamme miséricordieuse. Je me présentai comme un pèlerin et lui demandai l'hospitalité. Il m'invita sans plus de façons à entrer chez lui. Nous nous installâmes dans la seule pièce où il entretenait du feu et c'est assis près de la cheminée qu'il m'offrit de partager son modeste repas composé de galettes de blé noir, de soupe épaisse et de fromage. À cela, il ajouta une pleine écuelle de pommes grises et ridées très savoureuses.

– Je ne saurais trop vous remercier, mon père, lui dis-je dans un sourire. Sans vous, j'aurais dû me contenter, pour tromper ma faim, des pierres du chemin et cette nuit la pluie aurait été ma seule couverture.

– Je n'ai fait que mon devoir de chrétien, répondit le prêtre. Cette maison est ouverte à tous ceux qui passent.

– Il semble pourtant que les étrangers ne soient pas les bienvenus dans votre paroisse. On m'a battu froid à tel point que j'ai failli marcher jusqu'au village suivant, malgré l'heure tardive.

– Vous y auriez trouvé semblable accueil, reconnut le prêtre. Les bonnes gens sont convaincus que le diable rôde sur les terres de Vendée.

– Et quel crédit accordez-vous à ces racontars ? demandai-je.

L'homme se rembrunit. Il m'évalua du regard puis finit par déclarer :

– Le Malin emprunte parfois des détours tortueux et recrute ses serviteurs là où on ne l'aurait jamais attendu.

Il se tut. Ses paroles ne m'éclairant pas davantage, je le pressai de m'expliquer quelle malédiction pesait sur la contrée. Il serra ses mains l'une contre l'autre, dans l'attitude d'un orant. Une expression douloureuse habitait ses yeux et ses lèvres serrées n'étaient plus qu'un trait sur sa face. Enfin, après avoir mûrement délibéré, il rompit le silence.

– Voilà des années que notre village et les villages alentour vivent dans l'inquiétude. Et ne croyez pas à des contes de bonne femme ou que sais-je encore ! Hélas, non. Quelqu'un par ici vole les enfants…

– Vole les enfants ! m'exclamai-je. Pourquoi voler un enfant ?

Le prêtre détourna le regard et se signa.

– Nous l'ignorons mais vous imaginez que tous pensent au pire. Aucun des petits n'est jamais revenu pour raconter ce qui lui était arrivé.

– Et combien d'enfants ont disparu à ce jour ?

– On… on parle de centaines mais il est impossible d'affirmer quoi que ce soit.

La stupéfaction me laissa sans voix. Comment des centaines d'enfants avaient-ils disparu sans que quiconque s'en préoccupât ? Je pressentis qu'il pouvait y avoir quelque diablerie là-dessous, mon instinct m'avait rarement trompé. Le prêtre observait sur mes traits l'effet de ses paroles.

– Vous ne me croyez pas, n'est-ce pas ? D'ailleurs, personne ne veut nous croire. Il semble que nos plaintes s'évanouissent dans l'air à peine les avons-nous formulées. Qui prêterait l'oreille aux misérables que nous sommes ? Après tout, les victimes ne sont que fils et filles de vilains.

– Non seulement je vous crois, affirmai-je, mais je ne comprends pas l'inertie de ceux qui vous gouvernent et dont le devoir est de vous protéger ! Qu'en dit votre seigneur ? Et que font ses hommes ?

Le vieil homme fuyait mes yeux, à présent. Il se leva, ajouta une bûche dans les flammes et tisonna les braises avec une ardeur qui me surprit. Je regrettai de l'avoir questionné si abruptement.

– Messire, nous nous taisons parce qu'il ne nous est plus possible d'accorder notre confiance à qui que ce soit. Mais votre visage respire la franchise et la bonté. Vous êtes de passage, vous semblez bien né, peut-être pourrez-vous parler à quelqu'un qui prêtera une oreille attentive à nos malheurs.

Je l'encourageai. Il hésita puis balbutia :

– Les gens ont peur parce que nous soupçonnons notre seigneur d'être à l'origine des enlèvements. C'est un homme puissant, qui a l'oreille du roi...

Le prêtre guettait dans mon regard la condamnation de ses paroles mais je me contentai de hocher la tête.

– Comment se nomme ce seigneur si redouté ?

– Oh, vous en avez entendu parler, car il a acquis gloire et renommée dans notre royaume. Il s'agit de Gilles de Rais.

La surprise me fit vaciller. Comment ne pas avoir entendu parler de l'homme qui s'était illustré aux côtés de Jeanne la Pucelle dans son combat contre les Anglais ? Du guerrier qui s'était battu à Orléans, à Patay, à Paris ? C'était un héros, une immense figure, un exemple pour beaucoup. J'étais donc sur ses terres !

– Vous parlez du compagnon de Jeanne d'Arc, de celui que le roi Charles a fait maréchal de France ?

– Lui-même. Depuis la mort de son grand-père, Jean de Craon, il est l'un des plus riches seigneurs du royaume. Gilles de Rais a hérité de l'ensemble de ses biens. Après avoir vécu à Pouzauges, il s'est installé dans son château de Tiffauges, à quatre lieues d'ici. C'est un personnage étrange, qui vit entouré de compagnons plus étranges encore. Un prêtre du nom de Blanchet, un homme nommé Gilles de Sillé, de sinistre allure, et un jeune Italien, Francisco Prelati, qui se fait appeler François Prélat. Il y a encore la vieille Perrine, qu'on nomme ici la Meffraie, qui arpente sans relâche la lande et les villages, et qu'on accuse des pires méfaits.

Aucun de ces noms ne me disait quoi que ce fût. J'étais cependant certain que mon interlocuteur ne m'avait pas encore tout révélé.

– Mais vous, mon père, l'interrogeai-je avec moult précautions, que pensez-vous de cette sombre affaire ?

Le vieux prêtre tourna les yeux vers le crucifix accroché au-dessus de la cheminée.

– Prenez-moi pour un nigaud ou un fou mais je pense qu'elle a partie liée avec diables et sorciers ! On parle malgré tout, savez-vous ? Mes paroissiens rapportent d'étranges choses... De noires fumées qui s'échappent des cheminées de Tiffauges et qui sont plus punaises[1] que les vapeurs de l'enfer. Il y a aussi les forfanteries des hommes de Gilles de Rais qui, lorsqu'ils ont bu plus que de raison, se laissent aller à de dangereuses confidences...

– Et le contenu de ces confidences ?

1. Puantes.

– Ils racontent que leur maître poursuit des recherches alchimiques, qu'il aspire à connaître les secrets de la pierre philosophale et de la vie éternelle. On prétend qu'il est aidé dans sa quête par un démon nommé Barron. Qu'il prend plaisir…

Il se tut de nouveau, comme si les paroles qu'il allait prononcer étaient trop énormes pour un homme tel que lui. Il déglutit et acheva très vite :

– … qu'il prend plaisir à faire le mal et qu'il aime le sang !

J'acquiesçai, ébranlé par de telles révélations. Cela ressemblait aux rumeurs qui courent les campagnes, aux contes que l'on brode sur les puissants qu'il convient d'accuser de toutes les vilenies, de tous les vices. J'étais bien placé pour savoir que les arts occultes requièrent discrétion et prudence. Si Gilles de Rais s'était entouré de sorciers, s'il avait commercé avec les démons, nul doute que je l'aurais su. Pourtant, dans la bouche du vieil homme, quelque chose sonnait juste.

– Voilà d'incroyables horreurs, murmurai-je. La moindre de ces accusations suffirait à l'envoyer au bûcher. Personne ne l'a jamais inquiété ?

– Personne ! gémit le prêtre. Ajoutez à cela qu'il mène grand train et qu'il dilapide sans compter les richesses héritées de sa famille, vendant ses terres les unes après les autres, au désespoir de son frère René. Mais en haut lieu, personne n'écoute, personne ne parle, personne n'agit. Comment douter que de puissants alliés le protègent ?

Il se tut. Je ne savais quelle attitude adopter, même si sa détresse me touchait au plus haut point. Passer mon chemin et oublier ces médisances était la solution la plus sage : j'avais à faire et Myrdhinn m'attendait.

Certes, le vieux prêtre ne manquait pas de conviction et son récit était troublant mais j'avais souvent commercé avec les démons et jamais je n'avais entendu parler de ce Barron auquel il avait fait allusion.

Pourtant, s'il y avait une infime parcelle de vérité dans les propos du vieil homme et que je l'ignorais, j'en porterais la responsabilité pour le restant de mes jours. Comment ne pas agir dans ces conditions ?

– Je vous promets, dis-je au prêtre, de me rendre dès demain au château de Tiffauges. Là, je m'efforcerai d'obtenir un entretien avec le seigneur de Rais. Pourra-t-il refuser de parler à un pèlerin revenant de Compostelle ?

Le vieil homme me contempla comme si j'avais perdu la tête. Il m'imaginait déjà branché[1] comme un voleur par les hommes du maître de Tiffauges.

– Ayez confiance en moi, ajoutai-je. Je ferai tout ce qui est en mon pouvoir pour vous aider.

– Alors, répondit-il, c'est que la divine Providence a guidé vos pas jusqu'ici ! Je n'aurai pas assez du temps qu'il me reste à vivre pour vous remercier.

Il était tard et j'avais idée de me lever tôt le lendemain. Tiffauges étant à une matinée de marche, j'aurais le temps de réfléchir à un plan pour m'introduire dans le château de Gilles de Rais. Mon hôte m'offrit une litière de paille fraîche et je ne fus pas long à plonger dans un sommeil peuplé de démons. »

1. Pendu à une branche.

TIFFAUGES

« Il devait être sexte[1] quand j'arrivai en vue de Tiffauges. Je m'arrêtai pour admirer l'énorme citadelle de granit, jaillie du désert de la lande, si massive qu'elle aurait imposé le respect à une armée. Elle semblait noire sous le ciel gris et la découpe franche des créneaux fit naître dans mon esprit des images d'ogres aux mâchoires affamées. Un filet de fumée blanche, comme tracé au pinceau, dessinait une volute à l'aplomb d'une cheminée. Soudain, un coup de vent dissipa les nuages, le soleil apparut et la pierre des murailles, semée de paillettes brillantes, sembla s'incendier d'un seul coup.

Je me remis en route. Les abords de la forteresse avaient été défrichés afin de prévenir toute tentative d'approche discrète. Les fossés creusés au pied des murs étaient remplis d'une eau croupie fort malodorante.

Des hommes en armes montaient une garde distraite devant le pont-levis baissé. Ils appartenaient à

1. Environ 12 h 45.

la pire espèce de soudards. Leurs faces cruelles, mangées de barbe, et les épées qui battaient leurs cuisses devaient dissuader les voyageurs et les pèlerins de solliciter l'asile au château. Ils me regardèrent approcher, un sourire gouailleur aux lèvres.

Je m'inclinai.

– Bonjour, messires. J'aimerais m'entretenir avec le seigneur Gilles de Rais.

Les gardes ricanèrent et l'un d'eux cracha à terre avant de me lancer :

– Notre suzerain n'a guère de temps à gaspiller avec les va-nu-pieds. Passe ton chemin avant que nous perdions patience !

Je ne bougeai pas d'un pouce et demandai avec courtoisie :

– Pourriez-vous avoir l'obligeance de m'annoncer à votre maître ?

Celui qui devait être leur chef me lança une injure. Impassible, je réitérai ma requête. Il poussa un grognement de rage. Tirant sa lame de son fourreau, il vint vers moi et fit le geste de m'en asséner un coup. Je ne lui en laissai pas le temps. Je levai mon bourdon qui émit une lueur orangée, comme s'il avait accroché un reflet de soleil, et frappai l'homme sous le menton. Il s'écroula et ne bougea plus. Mon bâton flamboya un bref instant puis s'éteignit.

La stupeur avait saisi ses compagnons. Ils me considéraient d'un autre œil et échangeaient des regards effrayés. Me tournant vers l'un d'eux, je dis :

– Il me serait aisé d'entrer céans sans votre accord mais ce serait discourtois et injurieux pour le seigneur de Rais. Faites part de cette scène à votre maître. Je suis certain qu'il aura grand désir de s'entretenir avec moi. Précisez que Jacques, arrière-petit-fils d'Arnaud de Villeneuve[1], souhaite le rencontrer.

Je connaissais le nom de cet alchimiste fort célèbre, mort depuis longtemps déjà, et je me doutais que la seule allusion à ce fameux personnage susciterait l'intérêt de Gilles de Rais.

Le garde disparut à l'intérieur de la citadelle et revint bientôt, accompagné d'un homme qui pouvait avoir entre vingt et trente ans, brun, les cheveux mi-longs, mis avec beaucoup de recherche. Son pourpoint brodé devait valoir une fortune et les bottes de cuir fin qui le chaussaient n'auraient pas déparé aux pieds d'un prince. Il s'adressa à moi avec jovialité et une pointe d'accent chantant me permit de deviner qu'il s'agissait de cet Italien dont le vieux prêtre m'avait entretenu.

– Soyez le bienvenu, messire de Villeneuve – si c'est bien le nom que vous portez. Je suis François Prélat et j'ai toute la confiance de Gilles de Rais.

Il examina l'homme que j'avais assommé puis prit le temps de m'observer. Ce n'était pas un sorcier, j'en fus certain dans l'instant. Plutôt l'un de ces illuminés en quête de la Connaissance qui se livrent aux pratiques alchimiques dans l'espoir d'y trouver pouvoir et richesse. Une flamme étrange animait cependant ses traits. Il n'était pas magicien mais frayait avec les puissances malignes. J'en aurais mis ma main au feu.

1. Arnaud de Villeneuve (1241-1313). Alchimiste et médecin catalan, il enseigna la médecine en France, en particulier à Paris et Montpellier.

– J'aimerais m'entretenir avec Gilles de Rais, expliquai-je. Je suis, comme l'était mon arrière-grand-père, un homme de science. On dit que votre seigneur s'intéresse à des domaines dans lesquels je possède quelques lumières.

– On dit beaucoup de choses ! répliqua Prelati avec froideur.

Il montra le corps de l'homme évanoui.

– Ainsi, d'après le garde, vous avez défait ce cher Béraud d'une manière surprenante. C'est pourtant un combattant aguerri et, à ma connaissance, personne ne l'a jamais vaincu en combat singulier. Surtout avec un simple bourdon de pèlerin !

Je me contentai d'une inclinaison respectueuse et poursuivis en latin :

– On dit beaucoup de choses ! Mais cela n'est rien. J'en sais plus encore sur l'œuvre au noir, l'œuvre au blanc et le grand œuvre.

Les brutes qui l'entouraient me regardèrent sans comprendre et froncèrent les sourcils. Quant à Prelati, il possédait un remarquable contrôle de lui-même car c'est à peine s'il cilla.

– Fort bien, messire de Villeneuve, reprit-il en langue vulgaire. Et où avez-vous donc appris semblables merveilles ?

– Dans les livres que m'a légués mon arrière-grand-père, répondis-je sans me laisser affecter par sa morgue, dans ceux de Raymond Lulle[1] mais aussi lors des réunions avec les adeptes de notre Art, devant l'église Saint-Jacques-la-Boucherie, à Paris.

1. Raymond Lulle (1235-1315). Théologien, philosophe, poète, il est considéré comme l'un des plus grands alchimistes médiévaux.

Ces mots eurent l'effet que j'escomptais. Si l'Italien n'était pas convaincu, du moins était-il troublé par mon assurance et mon savoir. Il fit un pas en arrière et m'indiqua la porte de Tiffauges.

– Allons nous entretenir de tout cela avec mon seigneur ! Vous êtes le bienvenu, messire de Villeneuve, et Gilles de Rais sera honoré de faire votre connaissance. »

FACE À GILLES DE RAIS

« Nous franchîmes la haute cour encombrée d'un peuple de domestiques fort occupés à assurer l'entretien du château. Prelati m'entraîna vers le donjon. Nous en passâmes le porche et empruntâmes un escalier sombre et glacial. Nos pas sonnaient clair dans le silence. Redoutant quelque traîtrise, je restais sur mes gardes. Mes appréhensions étaient cependant sans fondement, car nous arrivâmes devant une magnifique porte de bois ouvragé que mon guide poussa après y avoir toqué par deux fois. Il s'effaça pour me permettre d'entrer.

Une bouffée d'air tiède accompagnée d'une entêtante odeur d'encens m'accueillit. Un coup d'œil me suffit pour comprendre que le maître des lieux vivait dans une opulence inimaginable pour le commun des mortels. Les étroites fenêtres en ogive étaient garnies de vitraux colorés. Le sol était revêtu de tapis chamarrés. Sur les murs, alternaient tapisseries et lambris de bois clair. Des coffres cloutés d'or, des bahuts ferrés, reluisaient aux angles de la pièce. Dans la cheminée, un feu ronflait et dispensait une chaleur de four. Une table avait été dressée, recouverte de drap blanc. Les bancs étaient déjà en place, en prévision du festin.

Je m'avançai, fasciné par la splendeur des lieux, ébloui par la vaisselle d'or et d'argent, les aiguières de cristal aux formes élancées, objets dont je n'avais pas l'usage mais dont la beauté me ravissait.

J'avisai alors, installé dans un siège à dosserets, un homme qui m'observait. Je ne doutais pas que ce fût le seigneur de Rais. À la lueur des flammes, ses yeux étincelaient comme des escarboucles. Il n'attendit pas que je vienne à sa hauteur mais il se leva et marcha à ma rencontre, comme on accueille un hôte de marque.

Gilles était de haute taille. Il portait une ample robe de velours italien aux manches évasées, passementée d'or et d'argent. Je devinai à sa démarche un corps musclé, rompu à l'exercice par les années d'entraînement, de chasse et de guerre. Sur ses joues poussait une barbe drue, parfaitement taillée et si noire qu'elle en paraissait bleue, selon la manière dont la lumière s'y accrochait. Étais-je devant celui que ses vassaux suspectaient de crimes épouvantables ? Mes talents de diplomate et de sorcier seraient nécessaires pour éclaircir ce point.

– Voilà donc l'homme qui terrifie mes gardes ! me lança-t-il. De vieilles canailles pourtant, qui en ont vu tant et tant au cours de leur misérable existence.

Je le saluai avec respect.

– Je suis Jacques de Villeneuve, messire. Pour vous servir. Pardonnez mon impudence mais vos gens s'obstinaient dans leur refus de me laisser entrer. Dénier à votre seigneurie la joie de ma présence... quelle audace ! Aussi ai-je dû insister en employant certains artifices qui... mettons, les ont convaincus.

Gilles de Rais éclata d'un rire énorme.

– Cela m'a été rapporté et vous leur avez infligé la mâle peur ! Votre bâton de pèlerin a, paraît-il, brillé d'étrange manière. Les voilà qui crient au sorcier désormais. On se signera bientôt sur votre passage, messire !

– Je doute que le seigneur de Rais ajoute foi à de pareils commérages, répliquai-je d'un air entendu. Et quand bien même y aurait-il quelque vérité là-dessous, cela ne serait pas pour vous effrayer ! Les sciences occultes vous sont familières à ce que j'ai ouï dire...

De Rais et Prelati se figèrent. En dépit du masque impassible qu'ils affectaient, leur curiosité transpirait. Gilles de Rais me considérait de ses yeux brillants. Sans doute se demandait-il que faire de moi. Vu la façon dont j'avais traité l'un de ses hommes et l'audace dont je faisais preuve en pénétrant seul chez lui, il subodorait qu'il était face à un adversaire de poids. Quant à savoir qui j'étais et ce que je désirais, il en était réduit à attendre mon bon vouloir, ce qui, pour un homme de sa sorte, était un affront difficilement supportable.

– Qui nous prouve que vous êtes bien l'arrière-petit-fils d'Arnaud de Villeneuve ? s'enquit-il avec brusquerie. Il est mort voilà plus de cent ans et ne viendra pas confirmer ou infirmer vos allégations.

– Ma bonne foi, messire, et les lumières éclatantes que je saurai vous apporter, si vous acceptez de m'en donner l'occasion !

Gilles de Rais se tut. La mine préoccupée, il se mit à tourner autour de moi, me jaugeant, me humant, me flairant, pareil à un fauve prêt à fondre sur sa proie. Je ne bougeai pas, impavide.

Prelati brisa le silence qui menaçait de s'éterniser :

– Maître de Villeneuve prétend, à l'instar de son arrière-grand-père, être versé dans les arts alchimiques.

– La haute science est une de mes préoccupations majeures, confirmai-je. J'ai ainsi eu le privilège, au cours de mes voyages, d'avoir entre les mains des manuscrits fort rares ayant appartenu à Avicenne, Raymond Lulle, Nicolas Flamel et de rencontrer des hommes immensément érudits.

À ces mots, le visage de Gilles de Rais s'anima. Il me demanda avec un intérêt non dissimulé :

– Lisez-vous l'arabe et l'hébreu ?

Je hochai la tête.

– Avez-vous réalisé les opérations que décrit la *Tabula Smaragdina*[1] ?

Je connaissais ce manuscrit où les secrets de la pierre philosophale, cette substance qui permettrait de changer les métaux vils en or, sont consignés. Mon plan fonctionnait comme je l'avais espéré : en douceur. Mes poissons avaient gobé l'amorce et l'hameçon, il ne me restait plus qu'à les ferrer.

– Mieux, j'ai assisté un vieil Allemand du nom de Baruch Morhoff qui, devant moi, a obtenu de la poudre de projection[2] et changé plusieurs livres de plomb en or fin !

Gilles de Rais et Prelati me contemplaient, les yeux écarquillés par un mélange d'ébahissement et de jalousie incrédule. J'avais prévu ce moment. Je fouillai donc dans ma besace et j'en sortis une boîte métallique que j'ouvris. Elle contenait une pincée d'une matière écarlate et pulvérulente.

1. *La table d'émeraude*, célèbre traité d'alchimie.
2. Substance censée permettre la transmutation du plomb en or.

– En voilà un échantillon. Si vous le souhaitez, nous pourrons nous livrer tantôt à une expérience de transmutation qui, j'en suis certain, vous convaincra de la véracité de mes dires.

Mes compagnons en avaient le souffle coupé. Gilles s'approcha et scruta ma poudre de perlimpinpin. Il tendit la main et la retira aussitôt, ne parvenant plus à dissimuler l'agitation qui le gagnait.

J'attendis qu'il se calme puis j'ajoutai, affectant une mine dépitée :

– J'en possède hélas fort peu. Mais vous devinez que pour produire si minime quantité, il nous a fallu, maître Morhoff et moi, verser force sueur, larmes amères et... quelques gouttes de sang frais.

Gilles de Rais et Prelati avaient pâli. Manifestement, les deux hommes ne savaient plus quelle attitude adopter. Ils se consultèrent du regard et, sur un signe de tête de son maître, l'Italien déclara :

– Tout cela nous intéresse au plus haut point, messire de Villeneuve. Le seigneur de Rais avait hélas prévu de s'absenter quelques heures mais vous lui feriez honneur en acceptant son hospitalité. Ce soir, après le repas, nous nous entretiendrons plus longuement tous les trois. Nul doute que cette conversation sera d'un grand intérêt.

Je fis semblant de croire ces paroles toutefois je n'étais pas dupe. Mes compères avaient besoin d'un temps de réflexion afin de décider une stratégie. J'étais un parfait étranger, un danger potentiel. Un espion, qui sait ? Quelle confiance pouvaient-ils m'accorder ? Il leur fallait peser soigneusement chacun de mes mots, chacun de mes gestes à tête reposée. Ils m'offraient le gîte et le couvert mais, en réalité, j'étais leur prisonnier. Si je tentais quoi que ce fût pour quitter cette pièce, je trouverais sur ma route des hommes en armes qui me barreraient le passage.

S'inclinant avec élégance, Gilles de Rais et Prelati prirent congé. Bientôt, un domestique m'apporta des viandes froides, du pain et du vin. Il chargea la cheminée en bois et m'abandonna.

Ravi de goûter le moment présent, je m'installai sur un siège garni de coussins mollets et me restaurai, réchauffant ma carcasse éprouvée par une semaine de marche. Ensuite, je me laissai aller à un assoupissement bien mérité. »

TRANSMUTATION

« Ce fut le soir.

Une troupe nombreuse s'attabla dans la grand-salle du donjon, conduite par Gilles de Rais et Prelati. Ils me présentèrent mes commensaux, Eustache Blanchet, un prêtre aux regards fuyants et aux gestes empruntés, Gilles de Sillé, maigre, noir de poil et de peau, qui me considérait avec défiance et ne m'adressa la parole à aucun moment. Beaucoup d'autres enfin dont les noms me sont sortis de la tête, des hommes rudes, aux manières de soldats, parlant haut et fort, jouant des mâchoires comme des chiens affamés.

Comme je m'étonnais de ne pas voir l'épouse de Gilles, on m'apprit qu'il en avait bien une, Catherine de Thouars, mais qu'elle vivait à Pouzauges en compagnie de leur fille unique, Marie.

Le banquet fut à la hauteur de ce que j'en attendais. Pâtés de carpes, de brèmes et de brochets, viandes en sauces, aux arômes de poivre, de sauge et d'hysope, pâtés de lièvres et de lapereaux parfumés de thym et de laurier, oies, perdrix et hérons rôtis, tartes aux raves et aux pommes relevées de cannelle, lait lardé coloré de safran, riz au lait battu d'œufs et mêlé de miel, gâteaux semés de graines de pavot et de sésame. Et des vins innombrables, sanguins, capiteux et épais, dont les convives entonnaient de pleins hanaps qu'ils n'avaient de cesse de remplir, de vider et de remplir encore.

Comme le repas avançait, les faces devinrent cramoisies, les plaisanteries pesantes et les échanges tournèrent à l'aigre. J'avais pris garde à ne pas abuser de ces riches nourritures, pas plus que des boissons fortes. Gilles de Rais et Prelati faisaient honneur aux plats et se mêlaient à toutes les conversations mais je devinais sans cesse leurs yeux qui m'épiaient et l'impatience que trahissaient leurs gestes. Ce banquet était sans doute prévu de longue date et ils n'avaient osé l'annuler de crainte de susciter la curiosité de leurs compagnons. C'est avec l'esprit clair que j'abordai la seconde moitié de la nuit, quand, sur un signe de Gilles de Rais, la table se vida.

Seuls restèrent le seigneur de Tiffauges et l'Italien.

Nous causâmes d'abord de sujets sans importance mais Gilles de Rais me proposa bientôt de visiter un lieu où il n'admettait que ses intimes et ses hôtes de marque. J'acceptai avec chaleur et nous quittâmes la grand-salle. Les deux compères me conduisirent dans une pièce aménagée dans les caves du donjon. Ils y avaient installé un laboratoire.

Dans un angle, l'athanor ruminait. Je m'en approchai et reconnus, à l'intérieur du fourneau, l'aludel[1]. Il était pour l'heure empli d'un composé noirâtre et répandait une odeur déplaisante qui ne parut pas gêner mes hôtes.

1. Sorte de vase en cristal que les alchimistes utilisent afin d'observer commodément les transformations qui s'y opèrent.

Sur une table, étaient disposés un pélican, des cornues, des cucurbites. Les étagères regorgeaient de pots en verre. Je reconnus, pêle-mêle, le mercure, le soufre, des sels divers, le nostoc, la rosée de mai, la poudre de cuivre, l'arsenic et l'antimoine.

En bref, j'avais sous les yeux la panoplie de l'alchimiste au grand complet !

J'attendais que l'un de mes hôtes prît la parole. Sans doute attendaient-ils la même chose de moi mais je voulais que ce soient eux qui me prient de leur montrer ce pour quoi nous étions venus ici. Au bout d'un long moment, Gilles déclara, en essayant de contenir un tremblement dans sa voix :

– Cher Jacques, nous serons très honorés d'assister à l'opération de transmutation dont vous nous avez entretenu.

– Les désirs de votre seigneurie sont des ordres ! répondis-je en m'inclinant.

Je réclamai un creuset et le plaçai sur un fourneau dont je poussai la flamme en usant d'un soufflet. À ma demande, Prelati y déposa une livre de plomb. Quand son contenu se fut liquéfié et que d'épaisses bulles grises crevèrent à sa surface, je cherchai la boîte dans ma besace et je versai la totalité de ma poudre écarlate sur le métal en fusion. Gilles de Rais étudiait chacun de mes mouvements avec attention, tâchant de surprendre une quelconque supercherie. Je laissai quelques minutes s'écouler puis je reculai et ordonnai à Prelati d'ôter le creuset du fourneau et de le poser à terre afin qu'il refroidît. La surface du mélange se solidifia et prit une teinte rouge mêlée de brun.

Quand le récipient eut tiédi, je le renversai, j'attrapai un maillet sur la table et le brisai d'un coup sec.

Un éclat doré scintilla au travers du grès fendu. Je me relevai et désignai le sol.

– Si messire de Rais veut se donner la peine de vérifier ce que contient ce creuset…

Mon hôte se baissa, écarta les morceaux de pierre grise et recueillit entre ses mains une demi-sphère étincelante. Elle était composée de l'or le plus pur qui fût. Prelati poussa un cri étouffé.

Sur l'heure, l'attitude des deux hommes à mon égard se modifia. On me fêta, on me cajola, on me traita avec les égards dus à un prince de sang. Enfin, Gilles de Rais, posant sa main sur mon épaule, me dit :

– Maître Jacques, je vous offre de vous associer à moi. Servez-moi de mentor et je vous accorderai ma protection. Vous n'aurez pas à le regretter. Ensemble, nous ferons de grandes choses.

J'acceptai sans barguigner.

Le lendemain, nous rejoignîmes le laboratoire et passâmes de longues heures à pratiquer des coctions, des calcinations et des extractions qui ne servaient à rien mais qui plongèrent mes compagnons dans de profondes réflexions. Nous devisions et débattions sans trêve des moyens d'obtenir la poudre de projection. Bien vite, j'eus la certitude que le vieux prêtre avait visé juste. Le train de vie fastueux que menait Gilles de Rais l'avait ruiné. Il était aux abois et cherchait à obtenir de l'or à n'importe quel prix.

Sans me hâter, je tissai ma toile. Chaque heure qui passait me rapprochait un peu plus d'eux et contribuait à éliminer leurs dernières réticences envers moi.

Je laissai une semaine s'écouler avant d'oser aborder le sujet qui me préoccupait.

Enfin, un soir, alors que nous observions la combustion d'un sel, je déclarai en me tournant vers Gilles :

– Messire, sans doute n'ai-je pas été franc avec vous lorsque je vous ai parlé de mes recherches sous la conduite de maître Morhoff. La peur m'a retenu de tout vous avouer…

Gilles de Rais me considéra avec surprise.

– La peur, Jacques ?

J'opinai avant d'ajouter :

– La seule pratique alchimique ne peut suffire à atteindre le but que nous nous sommes fixé. D'autres sciences, plus secrètes, plus noires, sont nécessaires. Et vous n'ignorez pas que le bûcher est parfois proche de la connaissance…

Gilles de Rais leva un sourcil intrigué. Prelati se rapprocha pour mieux entendre.

– Ainsi, pour élaborer la poudre qui a servi à transmuter le plomb en or, maître Morhoff et moi avons eu besoin…

Je m'interrompis, affectant la gêne. Comme Gilles de Rais m'encourageait, je repris :

– J'y ai fait allusion voilà une semaine… Nous avons eu besoin de sang humain. De sang d'enfant pour être exact, ainsi que de l'assistance d'un certain démon que convoquait mon maître mais dont j'ignore jusqu'au nom.

Je m'attendais à un cri de surprise ou d'horreur. Les deux hommes se contentèrent de hocher la tête, comme si mes paroles confirmaient ce qu'ils savaient déjà. Un tic nerveux agitait la paupière de Prelati mais il se gardait de prononcer le moindre mot. Le seigneur de Rais me considérait avec intensité. Il débattait au plus profond de lui-même et son hésitation était palpable. Enfin, après un bref moment de flottement, il déclara :

– Si vous le souhaitez, messire de Villeneuve, je peux tenter moi aussi de vous apporter l'appui d'un démon. Du moins si vous êtes familier de telles créatures car nous n'avons jusqu'ici obtenu que de piètres résultats avec le nôtre, malgré nos efforts zélés pour le convoquer. Bien entendu, il m'est parfois apparu en songe et a formulé certaines demandes auxquelles je me suis hâté de répondre.

Son visage se ferma et il serra les poings comme sous l'effet de la rage.

– Hélas, mes plans ont été contrariés par la faute d'une misérable souillon qui...

J'attendais la suite, mais, d'un geste qui lui était maintenant familier, il posa sa main sur mon épaule et la pressa avec brutalité.

– Allons, qu'importe ! Peut-être vous en parlerai-je quelque jour. Quant au sang frais...

Gilles éclata d'un rire qui dévoila des dents aussi blanches et aiguës que celles d'un loup. Je parvins à grand-peine à réprimer un frémissement d'horreur quand il ajouta :

– Mon cher Jacques, il ne sera pas difficile de vous en fournir la quantité que vous désirez, dussions-nous épuiser la Vendée entière !

Il riva ses yeux aux miens.

– Mais vous comprendrez, Jacques de Villeneuve, qu'à partir de cette minute, ce secret lie nos existences de manière irrévocable !

La voix de Gilles de Rais avait une inflexion menaçante. Sa main avait quitté mon épaule et s'était posée sur la dague qui pendait à sa ceinture en un geste sans équivoque. Prelati, derrière lui, affectait une expression faussement ennuyée, comme si la conduite de son maître le peinait.

– Je n'entends pas les choses autrement, messire ! répondis-je en y mettant toute l'humilité dont j'étais capable. Rappelez-vous qu'après ce que je vous ai révélé de mon côté, vous avez barre sur moi.

Un sourire éclaira la face de mon interlocuteur. Sur un signe de son maître, Prelati ouvrit un coffre et s'empara d'un rouleau de parchemin placé en évidence sur une pile de livres. Gilles de Rais saisit un flambeau, se dirigea vers la porte et me lança sans se retourner :

– Suivez-moi ! »

LE SECRET DE GILLES

« Nous quittâmes le laboratoire et gagnâmes la cour, déserte à cette heure de la nuit. Des chants avinés nous parvinrent du poste de garde. Gilles haussa les épaules avec agacement. Il s'immobilisa et scruta les alentours. Un vent glacé s'était levé, soufflant de l'intérieur des terres. La lune, pâle et boursouflée, planait haut dans le ciel, plaquant d'argent le faîte crénelé des murailles.

Quand Gilles de Rais fut certain que personne ne pouvait nous surprendre, il nous entraîna vers la chapelle. Je crus que nous allions nous y engager mais mon guide obliqua vers un minuscule bâtiment qui lui était contigu. Nous y pénétrâmes. Prelati s'accroupit et, dispersant la paille répandue au sol, il dégagea un anneau de fer. Faisant preuve d'une vigueur surprenante pour un homme de sa corpulence, il l'agrippa et fit glisser une dalle sur le côté.

Gilles éleva son flambeau. Sous la lueur tremblotante de la flamme, j'aperçus les barreaux d'une échelle. Il descendit le premier. Je le suivis, l'Italien fermant la marche. Quand je posai le pied sur le sol de terre battue, le sire de Rais me tendit une torche enflammée. Nous étions dans une sorte d'antichambre creusée dans la roche. Il y faisait frais. L'odeur était nauséabonde : un mélange atroce de sang, de putréfaction et d'épices.

À la suite du seigneur de Tiffauges, nous entrâmes dans une salle beaucoup plus importante. En son centre, dressé comme une idole païenne, je vis un parallélépipède rougeâtre, d'une hauteur d'au moins six pieds. Il s'en dégageait une puissance extraordinaire et je compris que quelque chose l'habitait. Quelque chose de pernicieux qui avait senti ma présence. Quelque chose qui hurlait de colère mais qui, heureusement, ne pouvait agir.

Gille plaça sa torche dans un porte-flambeau. Nous l'imitâmes. Ensuite, je m'approchai à pas prudents et effleurai l'objet. On aurait dit de la pierre. Une pierre comme nulle part je n'en avais vu. Sa surface, criblée d'une multitude de conduits minuscules, était identique à celle des vieux os desséchés ou de ces étranges cailloux crachés par les volcans.

À sa base, le sol était creusé de manière à ménager une digue. L'odeur de sang et d'épices était plus forte que jamais. Je n'en vis pourtant aucune trace dans la rigole et j'éprouvai un bref sentiment de soulagement.

– Vous vous demandez sans doute, déclara Gilles de Rais, comment nous avons pu porter une telle masse jusqu'ici.

– La magie peut-être…

– Vous n'y êtes pas. Par un mystère que je m'explique mal, cet énorme bloc ne pèse presque rien en dépit de sa dureté. Prelati et moi l'avons descendu à l'aide d'une corde. Nous l'avons installé dans cette crypte sans plus de difficulté que si nous avions déplacé un édredon rempli de plumes.

– Quels sont ses pouvoirs, et d'où le tenez-vous ? m'enquis-je.

Jamais je n'avais entendu parler d'une pareille bizarrerie.

Gilles croisa les bras et tourna la tête en direction de Prelati. Celui-ci me remit le rouleau qu'il avait emporté avec lui.

– Savant ami, répondit-il, vous affirmez lire l'arabe ! Nous vous serions reconnaissants de traduire ce manuscrit. Nous en connaissons déjà le contenu mais l'entendre de votre bouche sera pour nous un plaisir insigne.

Je déroulai le parchemin. Gilles et Prelati m'épiaient. Conscient qu'ils me mettaient de nouveau à l'épreuve, et fort désireux de les satisfaire, je m'éclaircis la voix et commençai ma lecture. »

LE RÉCIT D'ABDUL IBN AZRED

Moi, Abdul Ibn Azred, gardien de la crypte, je consigne à l'usage de mon fils aîné, Naïm, le récit qui a été transmis de génération en génération, et cela depuis que notre aïeul, le mage Habram, a cru bon de mettre la pierre en lieu sûr afin que le règne du Mal n'advienne jamais.

Cette histoire prend ses racines il y a fort longtemps, sur les rives lointaines de l'Euphrate où Habram naquit.

La légende raconte que la pierre est une des larmes que Satan versa quand Dieu le chassa de son royaume. Elle erra dans les espaces infinis et chut un jour du ciel, pas plus grande qu'un œuf de pigeon, sur un homme qu'elle tua, lui fracassant la tête. Son frère, qui l'accompagnait, arracha cette pierre au crâne du mort. Elle était semblable à un morceau d'argile rouge auquel on aurait donné une forme géométrique. Piquée de mille trous d'aiguille, elle était aussi légère que le duvet d'un oisillon, aussi dure que le métal et aussi écarlate que le sang du défunt.

Furieux, le frère tenta de broyer cette pierre maudite. Peine perdue, elle était indestructible ! Il voulut la brûler. Les flammes la léchaient sans la noircir. Il la jeta dans l'Euphrate, mais toujours, comme habitée par une puissance maligne, elle revenait dans sa main. Effrayé, l'homme lui voua un culte, bientôt suivi des membres de sa famille.

Les siècles passèrent. Des empires naquirent, d'autres s'écroulèrent. Les anciens dieux moururent, de nouveaux les remplacèrent. Tandis que Babylone devenait une cité puissante et crainte, la pierre – en marge des religions officielles – était l'objet d'un culte secret et repoussant. Les prêtres qui la révéraient ainsi qu'une divinité versaient sur elle le sang des animaux qu'ils immolaient. Ils constatèrent que le liquide ne s'écoulait pas autour d'elle. Au contraire, il était absorbé par la pierre qui croissait en taille et en volume, tel un bœuf que l'on engraisse.

Bientôt, la pierre atteignit la taille d'une tête humaine mais elle restait aussi légère qu'un fétu de paille. Sur sa face tournée vers le ciel, la forme d'un visage humain se creusa, sans que quiconque eût porté un ciseau sur elle. C'était celui d'un homme très laid qui souriait de toutes ses dents.

Le culte de la pierre allait grandissant, car elle était douée de prodigieux pouvoirs. Ses adorateurs en retiraient protection contre les ennemis, les maladies. Elle faisait croître les richesses, fleurir les arbres, germer les moissons, et rendait le bétail fertile.

Un jour, notre ancêtre, le mage Habram, vit en songe un homme fort laid. Son visage ressemblait en tous points à celui de la pierre. Il tenait sa main droite levée et une odeur fétide se dégageait de lui. Quand il parla, ses yeux chatoyèrent comme des gemmes.

– Écoute ma voix, Habram. Je suis Celui-qui-veille au cœur de la pierre. Si tu m'obéis et me nourris à ma convenance, tu deviendras un puissant parmi les puissants et ton nom sera respecté par toute la terre.

– Qui êtes-vous ? interrogea Habram. Et quelle est cette nourriture que vous désirez si ardemment ?

L'homme au regard de flammes sourit.

– Je me nomme Azael et je suis celui qui ouvre la voie au Maître des maîtres. Sacrifie-moi le sang de jeunes humains, je suis las de celui des animaux dont tu m'inondes. Mais sache que je ne suis pas un ingrat. Fais un vœu, n'importe lequel et je l'exaucerai.

Habram était prêtre et mage. Il connaissait ce démon et savait son pouvoir. Toutefois il était également un homme jaloux et avide de domination, aussi ne fut-il pas long à prendre sa décision.

– Je veux, déclara-t-il, qu'Assour, le grand-prêtre de notre culte, meure. Quand j'aurai pris sa place à la tête du temple, je vous offrirai toutes les victimes auxquelles vous prétendez et vous me comblerez de vos largesses.

Azael inclina la tête et disparut. Le lendemain, à son réveil, Habram apprit qu'Assour avait rendu l'âme pendant la nuit et que ses pairs le priaient de lui succéder.

Commença alors une période noire. Comme Habram l'avait promis, on abreuva la pierre de sang humain. Babylone pleurait sa jeunesse. Garçons et filles disparaissaient sans que l'on sût ce qui leur était arrivé, car nulle enquête les concernant n'aboutissait. Les parents éplorés ne pouvaient deviner que leurs enfants finissaient leurs jours sur l'autel de la pierre. En peu d'années, toujours insatiable, celle-ci grossit, grandit et atteignit la taille d'un enfant.

Azael visita alors Habram et lui parla de nouveau en rêve. À la main, il tenait un couteau.

– Demain, Habram, tu prendras ce couteau et tu prélèveras un fragment de la pierre. Ensuite, tu le placeras au fond du temple dans un coffret de bois que tu auras

au préalable empli de mouches vivantes. Dans dix jours, tu l'ouvriras. Alors tu pourras admirer mon maître dans sa gloire. Ce n'est pas tout. Dans neuf mois, ta femme mettra au monde une fille. Prends-en soin, car elle aussi aura son rôle à jouer.

Lorsque le grand-prêtre se réveilla, il trouva, serré entre ses doigts, le couteau de son rêve. Le manche était étrange, tordu, comme taillé dans un os dont on aurait suivi la courbe. Poussé par la curiosité, Habram obéit en tous points à Azael. Jamais quiconque n'avait pu rayer la surface de la pierre mais, quand le grand-prêtre y porta la lame démoniaque, il parvint à en détacher une parcelle sans effort.

Dans un coffret, il avait disposé un lambeau de viande putréfiée. Lorsqu'il fut grouillant de mouches, il y déposa l'éclat de roche. Aussitôt, les insectes abandonnèrent la charogne et se rassemblèrent autour de la pierre en un répugnant essaim.

Une décade plus tard, Habram ouvrit le coffret. Il y découvrit une statuette écarlate représentant un monstrueux personnage. Bien qu'il fût taillé dans la pierre, ses yeux semblaient emplis d'une vie cruelle. Ses narines étaient larges et profondes, sa bouche était déformée par un sourire hideux. Deux longues cornes pointaient sur son front. Des ailes de chauve-souris étaient repliées sur son dos et une épaisse toison couvrait son torse. Il ne restait plus un seul insecte autour de la figurine.

Habram fut épouvanté par sa découverte, mais il agit comme il s'était engagé à le faire.

Les mois passèrent, puis les années. Ainsi que l'avait annoncé Azael, sa femme accoucha d'une fille qu'il nomma Isaha. La pierre, abreuvée du sang de ses victimes, croissait avec constance. Bientôt, elle atteignit la taille d'un homme adulte. Dans le même temps, la statue, tout aussi avide de sang que la roche démoniaque qui lui avait donné naissance, se développa dans des proportions énormes. Elle dominait à présent les rares servants et prêtres autorisés à l'approcher. Ces hommes osaient à peine lever les yeux dans sa direction, tant ils redoutaient la grimace sardonique qui animait sa face. Une épouvantable barbe de mouches pendait à son menton sans que nul comprît pourquoi les insectes choisissaient pareil endroit pour s'agglutiner.

Une nuit enfin, Azael revint visiter Habram qui était devenu un vieil homme mais dont la puissance et le savoir étaient intacts. Les yeux du démon flamboyaient comme jamais. Il annonça au grand-prêtre que l'heure d'accomplir sa mission était arrivée. La pierre était comme un œuf sur le point d'éclore. Encore quelques jours et Habram prononcerait le sort qui permettrait à Azael de s'en libérer et de prendre possession d'un corps humain, lui conférant force et immortalité.

Ensuite, cet homme habité par Azael recruterait, de gré ou de force, des milliers de fidèles. Le jour venu, ces derniers écriraient, partout et en tous lieux, le nom de celui qui se dissimulait dans les profondeurs du temple tandis qu'Habram sacrifierait sa fille et verserait son sang sur la statue. Alors, celle-ci s'animerait et son maître s'incarnerait. Viendraient enfin son avènement et son royaume éternel.

– Suis-je cet humain qui doit vous accueillir ? interrogea le grand-prêtre qui avait reçu les paroles du démon avec répugnance.

– Tu es l'élu ! répondit le démon.

– Et... comment se nomme votre maître ? demanda alors Habram.

Mais tout au fond de lui, il le savait déjà.

Azael le couva d'un œil enjôleur et dit :

– Son nom est légion mais le nom qu'il affectionne le plus est Baalzébuth, prince des démons et Seigneur des Mouches. Réjouis-toi, car il t'a choisi. Bientôt, il sera vivant et les essaims noirs jailliront de la bouche du Père pour annoncer son royaume éternel sur cette terre.

Habram ne répondit pas. C'était un grand magicien et ses sortilèges lui avaient permis de tirer profit des pouvoirs d'Azael sans pour autant en devenir l'esclave, mais cette fois-ci, la requête du démon l'épouvanta. Bien qu'avide de pouvoir, Habram n'était nullement un monstre ou un fou. Avec l'âge, lui était venue une surprenante humanité et la naissance de sa fille n'était pas étrangère à ce changement.

L'homme corrompu, l'homme dont les crimes avaient été si nombreux, s'était adouci au contact de cette enfant qui ensoleillait le soir de sa vie. La fraîcheur, la beauté d'Isaha avaient peu à peu apaisé ses noirs appétits et il tenait à elle plus que tout au monde. Jamais il ne la sacrifierait à Baalzébuth. Jamais il ne permettrait l'avènement du Seigneur des Mouches. Aussi décida-t-il d'agir sans tarder.

Cette nuit-là, il courut jusqu'au temple et ordonna que les sacrifices fussent interrompus. Ensuite, fort de sa magie, il tissa un sort puissant pour endormir Azael et le condamner à rester prisonnier de la pierre. Enfin, assisté de quelques fidèles parmi ses fidèles, il chargea l'idole sur un chariot et, après avoir embrassé sa femme et Isaha, il disparut dans le désert.

Un second groupe d'hommes, conduit par Mesh, le fils d'Habram et son égal en magie, se chargea de la statue de Baalzébuth et partit à son tour. Pour la sécurité de tous, ni le père ni le fils ne surent où l'autre se rendait ni ce qu'il ferait de son sinistre chargement.

Habram et ses compagnons entreprirent un immense voyage qui les conduisit de Mésopotamie aux rives de la mer qui borde la Phénicie. Dans un lieu reculé des montagnes qui surplombent le fleuve Éleuthère, ils creusèrent une crypte hermétique. Là, ils cachèrent la pierre afin qu'aucun homme ni aucune bête ne posent leurs yeux sur elle et succombent à son pouvoir.

En dépit des charmes qu'avait ourdis Habram, Azael lui apparut une ultime fois, alors qu'il refermait la porte de la crypte. Le visage du démon était convulsé par la rage.

– Je te maudis, dit-il au mage, toi, ainsi que toute ta descendance. Un jour lointain, des hommes porteurs d'une croix rouge extermineront ceux de ton sang jusqu'au dernier. Quant à ce que ton fils a fait du corps de mon maître, je l'apprendrai, quels que soient les sorts qu'il a employés et je le retrouverai ! Le temps n'est rien. Ni pour moi ni pour le Seigneur des Mouches...

Ce furent ses derniers mots.

Habram et ses fidèles devinrent les gardiens de la pierre. Leurs enfants, et les enfants de leurs enfants et cela jusqu'à moi, Abdul Ibn Azred, ont accompli cette tâche. Et mes enfants et les enfants de leurs enfants en feront autant, jusqu'à la fin des temps, tant que le Tout-Puissant nous protégera de la malédiction d'Azael et de la venue du Seigneur des Mouches.

Qu'il protège également les descendants de Mesh, où qu'ils soient, et qu'à jamais ils demeurent cachés, eux et la statue maudite de Baalzébuth.

LA FIN DU SEIGNEUR DE TIFFAUGES

– « Bravo, messire Jacques ! s'exclama Gilles. Vous ne nous avez pas menti. Votre connaissance des langues est remarquable et votre traduction correspond mot pour mot à ce que nous savions.

Je relevai les yeux du parchemin, abasourdi par ma lecture et les horreurs que j'y avais découvertes. Gilles de Rais et Prelati m'observaient, les traits ravagés par une excitation démoniaque. Je montrai l'étrange monolithe, peinant à dissimuler mon dégoût.

– Cette chose est donc la pierre dissimulée par le mage Habram. Comment est-elle en votre possession ?

Gilles de Rais ne cachait plus sa jubilation et caressa la forme monstrueuse du regard.

– L'histoire n'est pas finie, vous vous en doutez. En 1147, lors de la deuxième croisade, un groupe de chevaliers du Temple eut vent, alors qu'il se trouvait à Antioche, de l'existence d'une idole mystérieuse à la puissance infinie, gardée par une poignée de fanatiques. Ils gagnèrent les montagnes du Liban et, à l'issue de patientes recherches, ils découvrirent, niché dans une vallée que n'indiquait aucune carte, un village de pouilleux qu'ils passèrent proprement au fil de l'épée après leur avoir fait avouer sous la torture où se trouvait la crypte. Ils en rapportèrent le manuscrit et la pierre. Ensuite, les Templiers la convoyèrent jusqu'en France et la cachèrent dans la commanderie d'Aix avec bien d'autres trésors. En 1307, juste avant que le roi Philippe le Bel dissolve l'ordre et condamne au bûcher son maître, Jacques de Molay, ils furent confiés à la garde de quelques chevaliers qui ne surent qu'en faire, écrasés par l'énormité d'un tel secret, mais qui restèrent fidèles à leur vœu. Leurs héritiers n'eurent pas ces scrupules. Voilà huit ans, deux d'entre eux entrèrent en contact avec moi pour me proposer la pierre et le manuscrit contre argent sonnant et trébuchant. Je n'hésitai pas et leur donnai l'énorme somme qu'ils réclamaient, car j'escomptais en retirer un bénéfice infiniment supérieur. Comprenant qu'il me fallait l'aide d'une personne de savoir, je chargeai Eustache Blanchet de trouver un alchimiste. C'est de Florence qu'il ramena mon cher Francisco Prelati. Celui-ci traduisit le parchemin que vous tenez en main. Dès lors, nous n'eûmes de cesse d'offrir à la pierre son mets de prédilection.

Gilles sourit, dévoilant cette dentition de carnassier qui m'avait fait si grand effet quelques heures plus tôt.

– Quoi ! m'exclamai-je, vous avez sacrifié des humains à cette...

– Des enfants, mon ami Jacques. Des dizaines et des dizaines d'enfants dont j'ignore jusqu'au nom ! Depuis des années, j'ai le goût du sang mais je satisfaisais ce penchant en pure perte. À présent que je possède cette idole, je forme une entreprise qui n'eut jamais d'exemple et dont l'exécution n'aura point d'imitateurs ! Je veux accomplir la mission que le mage Habram n'a pas eu le courage de mener à terme. Pour cela, il faut retrouver la statue de Baalzébuth et permettre son avènement. J'ai bon espoir d'y parvenir un jour ! La générosité du Seigneur des Mouches sera sans borne pour ceux qui se rangeront dans son camp, croyez-moi. C'est ce que m'a affirmé le démon prisonnier de cette pierre.

Il montra le parallélépipède écarlate, un air de profonde mélancolie sur le visage.

– La pierre a bu le fluide vital qui s'écoulait des veines des victimes que je lui offrais mais, comme je vous l'ai expliqué, Azael ne s'est manifesté à moi que de manière lointaine, au travers de rêves ou de visions. J'ai obéi à ses ordres, sans parvenir hélas à le libérer. Le sort d'appel que connaissait Habram nous fait défaut.

Le seigneur de Rais s'interrompit avant d'ajouter sur un ton venimeux :

– À vrai dire, nous aurions sans doute pu convoquer ce démon si je lui avais offert le sang de ma fille. Mais, la peste les emporte, elle et sa maudite mère, les événements ont tourné à mon désavantage ! Je ne désespère cependant pas qu'un jour prochain…

Suffoqué, je songeai à cette malheureuse Marie de Rais qui vivait recluse, en compagnie de sa mère, à Pouzauges. Par quel miracle son père, gagné par sa folie meurtrière, ne l'avait-il pas assassinée, elle aussi ?

Prelati à son tour prit la parole et ajouta benoîtement :

– Azael est certes prisonnier de la pierre, mais nous percevons sa puissance et il nous protège. En dépit des enlèvements que nos complices organisent depuis des années, personne ne nous importune : la justice nous ignore et les langues restent nouées.

Contenant mon écœurement, je m'approchai du monolithe. Habram avait été un maître sorcier, pourtant le charme qu'il avait tissé deux mille ans auparavant était presque défait. Les horreurs auxquelles ces deux fous s'étaient livrés avaient redonné de la vigueur au démon, sans pour autant lui permettre d'échapper à sa geôle. Mais qui sait si, nourri du sang de ses nombreuses victimes, Azael n'était pas sur le point de s'en évader seul ?

Je percevais la colère, la haine qui animaient cet être maléfique. Elles transpiraient de la pierre, comme une sueur empestée. N'importe quel sorcier de ma force connaissait les sorts qui auraient libéré Azael de sa prison. Il fallait mettre cet objet démoniaque en lieu sûr avant qu'un personnage malfaisant n'eût vent de son existence et s'en empare !

J'entendis alors un gémissement qui provenait du fond de la salle, suivi d'un cliquetis. Je me tournai et scrutai l'obscurité. Dans l'ombre, j'aperçus un petit visage fripé, aux yeux agrandis par l'épouvante. Un enfant ! Un très jeune enfant se trouvait enchaîné à la muraille !

Gilles et Prelati observaient mes réactions. Je m'efforçai à l'impassibilité.

– Presque chaque soir, m'expliqua l'Italien, nous apportons notre obole à la pierre, dans l'espoir de susciter Azael. Depuis votre arrivée, nous n'avons pas apaisé sa soif. Nous vous offrons cette nuit de signer un pacte de sang. C'est vous, Jacques, qui officierez.

Gilles de Rais eut un mouvement du menton en direction de l'enfant prostré et voulut tirer sa dague de son fourreau pour me la présenter. La fureur qu'il lut dans mes yeux l'amena à suspendre son geste.

Je tendis la main et mon bâton s'y matérialisa. Les deux hommes sursautèrent et poussèrent un cri de surprise. En quelques pas, je rejoignis le petit garçon et j'effleurai ses chaînes. Elles tombèrent en poussière. Quand je le pris dans mes bras, il s'accrocha à moi comme un animal blessé. Il tremblait de tous ses membres. D'un mot, je le plongeai dans un profond sommeil puis je vins me placer devant Gilles de Rais et Prelati.

– Vous êtes des misérables, grondai-je, d'infâmes criminels qui allez bientôt payer pour vos forfaits.

Mû par la rage, je plantai mon bâton dans le sol, y abandonnant un sceau rougeoyant. C'était un puissant contre-sort qui empêcherait toute invocation démoniaque dans cette crypte, pour des siècles s'il le fallait.

– Cet endroit porte désormais ma marque et je saurai ce que l'on y pratique. Gardez-vous de vous livrer à vos infamies, ici comme ailleurs. Avant la fin de l'année prochaine, je vous promets châtiment et tourment. Rien ni personne ne vous protégera. Quant aux enfants, s'il en disparaît un seul dans les mois à venir, je reviendrai en personne vous demander des comptes.

Gilles et Prelati m'écoutaient, pétrifiés. Usant alors de mes pouvoirs, je me volatilisai, emportant avec moi le garçonnet, le manuscrit et la pierre.

Cette nuit-là, je réveillai le prêtre qui m'avait donné asile. Je lui remis l'enfant et le chargeai de le rendre à ses parents.

– Bientôt la Vendée aura recouvré son calme, lui annonçai-je. La justice est en marche !

Le brave homme n'eut pas le temps de me remercier, car je disparus aussitôt dans la nuit. Restait mon épouvantable découverte. Je l'emmenai dans la crypte que j'avais bâtie sous ma demeure et je la scellai dans le sol, entourée d'une puissante figure de protection. Par la force des choses, j'étais devenu à mon tour le gardien de la pierre.

Quelques mois plus tard, le 15 mai, j'appris que Gilles de Rais, perdant la tête pour une sombre histoire d'argent, avait maltraité et enlevé un prêtre dans l'église où celui-ci disait la messe. Les juges s'étaient saisis de l'affaire et le seigneur de Rais ainsi que ses complices avaient été arrêtés sans plus de cérémonie.

La protection dont il bénéficiait s'était évanouie avec la pierre. Les demeures du maréchal de France furent fouillées de fond en comble. On y retrouva des ossements humains à demi brûlés. Les langues se délièrent, comme libérées d'un sortilège. Les horreurs que Gilles de Rais avait perpétrées furent étalées au grand jour, provoquant une consternation sans précédent. Au terme de son procès, il fut convaincu de tant de forfaits que la justice le condamna à être pendu puis brûlé.

L'exécution eut lieu le 25 octobre 1440, à Nantes, et Gilles de Rais emporta son épouvantable secret dans la tombe. »

LA POSSÉDÉE

Derrière les vitres constellées de gouttelettes, un soleil éclatant brillait. L'orage s'était dissipé aussi mystérieusement qu'il était venu. Violaine de Varonnet conclut dans un soupir :

– La pierre de sang avait fait une victime de plus et, même s'il s'agissait d'un scélérat, Jacques espérait qu'elle serait la dernière.

Elle se tut. Quentin resta silencieux lui aussi. Dans son esprit, la rouge silhouette de la pierre et les murailles grises de Tiffauges ne parvenaient pas à s'effacer.

Jacques Guernière lui apparaissait comme un personnage fascinant, une figure lointaine, étrangère à celui qu'il était et pourtant si proche. Un fil ténu le reliait à ce magicien qui, six siècles plus tôt, avait vécu à Comberoumale et pour qui il éprouvait une sincère admiration.

– Jacques souhaitait que la pierre ne fasse plus de victimes. Ça n'a pas été le cas, je suppose, vu la manière dont vous avez prononcé ces mots.

La vieille femme soupira avec tant de tristesse que Quentin crut qu'elle allait éclater en sanglots.

– Non, ça n'a pas été le cas... Celui qui l'habitait restait en quête d'un allié, d'un humain qui lui ouvre la porte de ce monde. Et cet allié fut...

Une soudaine pâleur avait envahi son visage et Quentin perçut dans son attitude un malaise profond. Comme elle persistait dans son mutisme, il demanda :

– Vous ?

– Oui, dit-elle à contrecœur. Ce fut moi, pour ma plus grande infortune.

Saisissant la boîte qui se trouvait sur la table, elle la posa sur ses genoux et en caressa le couvercle.

– J'avais dix-sept ans, comme je te l'ai déjà dit et j'étais devenue une remarquable sorcière. Un an auparavant, Jacques m'avait offert mon bâton. C'était celui de ma mère, que trois canailles avaient brisé dans des circonstances que je te rappellerai un jour, si tu ne t'en souviens pas. Mon maître l'avait réparé puis gravé de signes magiques qui lui conféraient des pouvoirs supérieurs à ceux qu'il avait possédés. J'avais encore beaucoup à apprendre, mais j'étais d'un orgueil insondable et je me croyais presque son égale. Jacques avait la délicatesse de me laisser mes illusions et se contentait d'être mon guide. Le seul tort qu'il eut fut sans doute de m'accorder son entière confiance...

Elle se tut. Il y avait tant de détresse et d'amertume dans sa voix que Quentin, qui brûlait de connaître la suite, attendit en silence qu'elle reprenne son récit.

– Son métier de drapier le conduisait à entreprendre de longs voyages. C'était l'occasion pour lui de rencontrer d'autres sorciers en France, en Espagne, en Italie ou en Hollande. À la fin de l'automne 1456, Jacques m'apprit qu'il partait pour plusieurs mois. Pendant son absence, je me rendrais seule au laboratoire afin d'y poursuivre mes études. Ma connaissance des textes me permettait une indépendance relative. S'il m'arrivait malheur, j'avais mon ruban enchanté noué dans mes cheveux. Que je prononce trois fois son nom et Jacques me porterait secours, où que je sois.

Commença pour moi une période euphorique. La nuit, je gagnais la crypte et j'y travaillais durant de longues heures, tendue vers un but unique : que mon maître soit fier de moi quand il rentrerait. Je lisais, j'apprenais, je m'exerçais à la pratique des sortilèges les plus ardus.

Le malheur voulut que je choisisse d'aborder seule la lecture de textes dont Jacques avait souhaité différer l'étude. Dans mon impatience, je voulais brûler les étapes et tout connaître. Le plus vite possible !

Violaine reposa la boîte et sourit tristement à son compagnon.

– Un soir, donc, décidant que j'avais suffisamment rongé mon frein, je grimpai sur une chaise et je rapportai les volumes interdits. Une voix murmurait en moi et me disait que là se cachaient la porte de mondes secrets et le savoir véritable que ma curiosité me poussait à vouloir posséder.

C'étaient de très anciens parchemins écrits en runique que Jacques avait placés sur la partie la plus haute de la bibliothèque. Ils exerçaient sur moi une profonde fascination, car ils concernaient les domaines les plus ténébreux et les plus dangereux de la magie : nécromancie et démonologie. Mon bâton à la main, je commençai à déchiffrer le premier rouleau en murmurant à voix basse, car je maîtrisais mal la langue dans laquelle ils étaient rédigés. Rapidement, j'identifiai un sort d'appel et je le proférai avec davantage d'assurance.

Tandis que je lisais, la température baissa. Je ne m'en rendis compte que lorsque l'air qui sortait de ma bouche se condensa soudain en une buée blanche et glacée. Inquiète, je levai les yeux. Au-dessus de moi, les globes de lumière se ternirent et la pénombre envahit la pièce tandis que s'élevaient des bruits semblables à des raclements de métal.

Une horrible puanteur se répandit dans l'atmosphère. Il me semblait que l'on chuchotait autour de moi. Au loin, j'entendais un son lent et régulier, comme un battement de cœur. Horrifiée, je compris qu'il se rapprochait. Je baissai les yeux vers le sol. Des volutes noirâtres s'échappaient de la pierre devenue luminescente. Les signes gravés sur les dalles qui l'entouraient s'étaient effacés. Bientôt, ce furent des vagues de ténèbres qui s'écoulèrent de sa surface spongieuse et qui envahirent l'espace autour de moi, comme une marée.

Quentin battit des paupières. Le récit de Violaine était si précis qu'il lui semblait assister à la scène qu'elle décrivait.

– J'avais commis une épouvantable erreur, poursuivit-elle. Mais il était trop tard pour revenir en arrière. Celui qui dormait dans la pierre s'échappait, car j'avais utilisé le sort qui était la clé de sa geôle. Mes marmonnements avaient suffi pour l'ouvrir. Voulant lancer un contre-sortilège, je levai mon bâton, mais il me fut arraché des doigts et vola à l'autre bout de la pièce. J'eus la présence d'esprit de porter ma main dans mes cheveux, de saisir le ruban et de crier trois fois le nom de Jacques.

Dans l'instant, Azael prit possession de moi.

Ce démon était effroyablement puissant en dépit des nombreuses années qui avaient passé depuis que Jacques avait ravi la pierre à Gilles de Rais. Le sang des innombrables victimes qu'on lui avait sacrifiées l'avait nourri, fortifié. Dans un horrible arrachement, je fus expulsée hors de moi. Je n'étais plus qu'une baudruche invisible et sans volonté, flottant à quelques centimètres au-dessus de mon corps. Le démon éclata de rire et une voix rauque et grave sortit de ma gorge. S'agenouillant, il posa la paume de mes mains sur la pierre, comme pour y puiser un surcroît de vigueur.

Il se redressa aussitôt. Dans un éclair doré, Jacques venait d'apparaître ! Mon maître se tenait au milieu d'une vive lumière, son bâton de sorcier se consumant d'un feu blanc.

DAEMON ETIAM VERA DICENTI...

– Violaine, que se passe...

Jacques s'interrompit. J'aurais voulu lui hurler de fuir, lui dire que ce n'était pas à moi qu'il parlait. Peine perdue ! J'étais sans consistance, sans voix, plus transparente qu'un rayon de lune, simple spectatrice de l'affrontement qui se préparait. Mais mon maître n'était pas le premier venu. Un regard lui suffit pour comprendre que je n'étais pas celle qu'il connaissait.

– Qui es-tu ? demanda-t-il.

– Mais votre élève, enfin ! répartit le démon avec ma voix.

Jacques heurta le sol de son bâton et un nimbe bleu se dessina autour d'Azael.

– Qui es-tu ? répéta Jacques. Je t'ordonne de me répondre !

Un sourire douloureux se dessina sur mes lèvres. Je m'entendis coasser :

– Calmez-vous, sorcier, et modérez vos attaques. Sans quoi le charmant corps dont j'ai pris possession risquerait de subir de graves préjudices, ce que vous ne pouvez souhaiter, n'est-ce pas ?

Cette remarque, proférée sur un ton doucereux, ébranla mon maître. D'un geste, il effaça le halo qui emprisonnait son interlocuteur. Celui-ci esquissa une révérence.

– Bien le merci, humain, j'avais oublié ce qu'est la souffrance physique et je ne serai pas mécontent de l'oublier à nouveau ! En signe de gratitude, je vous dirai mon nom...

– Inutile, le coupa Jacques, je te connais. Tu es Azael et tu es parvenu à t'échapper de ta prison !

– Disons plutôt que quelques piques d'orgueil et de curiosité ont conduit votre jeune disciple là où je souhaitais qu'elle se rende. Elle m'a volontiers convoqué grâce à une formule d'appel que vous tenez consignée sur les parchemins que voici.

Jacques suivit des yeux l'index tendu et blêmit quand il reconnut les rouleaux étalés sur la table.

– C'est amusant comme vous autres, humains, êtes sensibles aux voix qui murmurent au fond de vous. Surtout quand ces voix vous suggèrent le pire ! Gilles de Rais aimait le sang mais n'avait pas la possibilité de me libérer. Votre petite Violaine n'est guère sanguinaire, ce qui m'étonne fort, néanmoins elle nourrit une ambition démesurée et le pouvoir dort en elle, bien qu'elle n'en sache rien. Il ne m'a pas été difficile de...

– Il suffit ! gronda Jacques. Je vous ordonne de retourner d'où vous venez !

– Ordonnez, ordonnez ! s'égaya Azael. Il n'y a qu'un moyen de me faire retourner dans la pierre. Et ce moyen vous le connaissez...

Une sourde menace perçait dans ses paroles. Jacques se décomposa et je le vis vaciller.

– Je le connais. Il me faut réduire en cendres le corps que vous possédez !

– Et cela, le souhaitez-vous, cher maître ? Ce serait condamner votre protégée...

Comme Jacques ne répondait pas, Azael lui adressa un salut moqueur, tourna les talons et se dirigea vers la muraille qu'il traversa sans plus de cérémonie, entraînant l'ectoplasme que j'étais devenue à sa suite. Jacques le suivit. Ils débouchèrent dans la grande cave creusée à l'aplomb de la maison. Il y faisait nuit noire mais Jacques prononça un sort et elle baigna aussitôt dans une lumière pâle et froide. Le démon se retourna et défia mon maître du regard. Le visage de Jacques exprimait la plus totale indécision.

– Te voilà encore ? le railla Azael. Écoute, sorcier, je te propose un marché. Laisse-moi partir. Je prendrai possession d'un autre humain et je libérerai ta protégée qui te reviendra saine et sauve.

– *Daemon etiam vera dicenti non est credendum*[1]*!* répondit Jacques.

– C'est ce que prétend votre Thomas d'Aquin, que je n'ai, hélas, pas eu l'honneur de rencontrer ! reconnut Azael avant de se diriger vers l'escalier.

Jacques leva son bâton et hurla :

– *Arrête-toi !*

Il avait employé sa voix de sorcier, dix fois plus puissante que sa voix d'homme et à laquelle personne ne pouvait résister. Elle se répercuta contre les parois, roulant en échos assourdissants. Un humain se serait effondré sous le choc. Azael se contenta d'une expression amusée.

1. « Même si le démon dit la vérité, il ne faut pas le croire. »

– Tes tours sont inefficaces contre moi, sorcier. Cessons là ces enfantillages ! À moins que tu ne souhaites m'affronter en combat singulier ?

Jacques allait répondre quand un bruit de pas attira son attention. Pierre Bénouvet, son domestique depuis des années, descendait les escaliers, attiré par leurs éclats de voix. Il se dirigea vers celle qu'il croyait être Violaine, les yeux agrandis par la surprise. Azael toisa Jacques, un sourire cruel sur les lèvres, puis il leva le bras.

Des tentacules noirs fusèrent de ses doigts. Ils s'enroulèrent autour de Pierre et le broyèrent, lui arrachant des hurlements de souffrance qui se turent quand il tomba à terre. Mon maître n'avait pas eu le temps d'esquisser un geste. Il courut vers le cadavre mutilé du vieux Pierre et s'agenouilla. Quand il se redressa, ses yeux étaient emplis d'une détermination qui m'effraya. Azael n'avait pas bougé et l'observait.

– Je peux te vaincre, dit Jacques avec force. Et je vais le faire, quel qu'en soit le prix !

– C'est trop tard, répliqua le démon en haussant les épaules. Et tu n'imagines pas à quel point j'ai besoin de cette donzelle !

Azael claqua des doigts. Ma silhouette tremblota et commença à s'estomper. Avant qu'elle disparaisse mon maître leva son bâton qui fulgura. Azael se matérialisa de nouveau face à lui. Je fus alors épouvantée par l'expression de haine que je lus sur mon visage.

Jacques écarta les bras et tissa un sort. Je ne compris rien aux paroles qu'il prononça, mais le démon se figea. La cave s'emplit d'un torrent de flammes blanches. Elles léchèrent les murs et s'engouffrèrent dans l'escalier. Je les entendais rugir dans toute la maison, pourtant rien de ce qu'elles touchaient ne se consumait. Quand elles s'éteignirent, je me vis, tétanisée, les yeux révulsés. Jacques tendit la main. Ma bouche s'ouvrit et quelque chose d'épouvantable en jaillit. C'était un grouillement noirâtre, un pullulement de pattes griffues, piqué d'une myriade d'yeux aux regards mauvais. L'air s'était empli de bruissements, de chuintements et de pleurs aigus. Cette monstruosité s'étira en direction de Jacques et s'arracha de ma tête.

Dans le même moment, je regagnai mon corps. La douleur explosa dans mes membres et une odeur pestilentielle emplit mes narines.

Quelque chose toucha mon front. Je me redressai, terrifiée, persuadée qu'Azael allait tenter de reprendre possession de moi.

– Non ! hurlai-je, m'efforçant de repousser celui qui s'était approché.

Je reconnus Jacques. Son visage était d'une pâleur cadavérique.

– Calme-toi, Violaine, tu ne risques plus rien.

Je le fixai, égarée, à peine capable de comprendre ses paroles. Il me prit dans ses bras et me serra contre lui en murmurant mon prénom tandis que je laissais couler mes larmes. Mon maître avait vaincu Azael ! Il l'avait renvoyé dans la pierre !

Mon bonheur fut cependant de courte durée. Jacques, secoué de tremblements, roula en arrière. Je me précipitai. Il paraissait terrassé par une crise de haut-mal[1], son corps tendu à se rompre. Une écume blanche moussait au coin de ses lèvres. J'essayai de me souvenir d'un sort de guérison approprié quand il se calma et s'assit.

– Nous avons peu de temps devant nous...

1. Nom autrefois donné à l'épilepsie.

Je m'écartai de lui. La tristesse, la souffrance, avaient assombri ses traits.

– Mais Azael a regagné la pierre et...

– Azael n'a pas regagné la pierre, Violaine ! Il n'y a que deux moyens pour faire sortir d'un possédé un démon de cette force. Réduire en cendres celui qu'il infecte, car, même mort, il pourrait animer son corps. Ou...

– Ou ?

– Ou lui trouver un corps de substitution.

J'eus un sursaut d'horreur.

– Vous voulez dire qu'il est en vous ?

– Exactement, Violaine, je lui sers de prison. Or je ne lui résisterai pas bien longtemps. Azael est trop fort. Il finira par me dévorer de l'intérieur et prendra possession de moi. Ce qui serait la pire chose qui puisse arriver. Doté de mes pouvoirs, il serait invincible...

– Vous êtes un maître sorcier ! me révoltai-je. Il existe d'autres moyens de le vaincre !

– Non. Le seul moyen, je te l'ai expliqué : il faut détruire mon corps afin de renvoyer Azael dans la pierre. Il nous reste très peu de temps. Le feu blanc que j'ai employé pour immobiliser Azael est un sort très puissant. Il a dû être aperçu dans le voisinage. Au matin, des hommes du prévôt viendront enquêter. Ils trouveront le corps de ce pauvre Pierre et me soupçonneront de l'avoir assassiné. Je t'en prie, prends ton bâton et retourne chez toi.

Comment Jacques osait-il penser que je l'abandonnerais ? Peu importait ce qu'on ferait de lui, je voulais partager son destin ! Il était l'être qui comptait le plus pour moi et je n'imaginais pas vivre sans lui.

Je le saisis par le bras et affirmai :

– Je ne vous quitterai pas, Jacques. Ce qui arrive est ma faute.

Mon maître me regarda avec gravité.

– Violaine, je crois que tu ne m'as pas compris. Je n'ai pas le choix. Je dois mourir. Le plus vite possible. Et mon corps doit être plongé dans les flammes ou dans l'acide afin qu'il n'en reste rien. Je n'aurai pas le courage de mettre fin à mes jours. La justice des hommes est une chance inespérée.

Il balbutia :

– On brûle les sorciers...

Même si, au fond de moi, j'avais déjà compris, les paroles de Jacques me plongèrent dans le désespoir absolu. Mon maître me prit par les épaules.

– Maintenant, Violaine, obéis-moi, je t'en supplie ! Tout n'est pas fini et j'aurai peut-être besoin de toi dans mes derniers moments.

Mon maître se releva et voulut m'entraîner dans le laboratoire mais je fus incapable de traverser la muraille. Une force inconnue m'empêchait d'avancer.

– Le passage du démon en toi t'a transformée, constata Jacques. La pierre le sait et te tient à distance. Attends-moi !

Il s'évanouit et reparut bientôt, mon bâton à la main.

– Violaine, rentre chez toi. Je dispose de quelques heures à peine pour tout laisser en ordre derrière moi. Je vais consulter quelques amis et transporter la plupart de mes livres chez maître Eliphas ben Eliezer, à Paris. C'est un grand sorcier. Celui en qui j'ai le plus confiance. Bientôt, tu quitteras Comberoumale et tu iras chez lui. Il t'accueillera comme sa fille et parfera ton éducation.

Jacques tenait mes mains entre les siennes. J'aurais voulu qu'il me prenne dans ses bras, qu'il m'embrasse. J'aurais voulu lui dire que je l'aimais plus que tout. Que je l'aimais, simplement. Je n'ai pas pu. Nous nous sommes étreints et je me suis transportée jusque dans ma maisonnette. Tu connais la suite.

Quentin hocha la tête à plusieurs reprises. Les paroles de Violaine avaient réveillé en lui des souvenirs confus et douloureux. Tandis qu'elle parlait, des images de plus en plus précises lui étaient revenues en mémoire et il aurait pu terminer son récit à sa place.

– Merci de votre sincérité, dit-il. C'est encore la pagaille là-dedans. – Il montra sa tête. – Mais il me semble que tout se remet peu à peu en ordre.

De son index, il tapota sa tempe et ajouta en riant :

– Au moins maintenant, je sais que je ne suis pas fou !

Se penchant vers la table, sa compagne saisit la boîte qui y était posée et la lui tendit. Étonné, Quentin l'ouvrit. Il aperçut un mince ruban de velours défraîchi reposant sur un capitonnage de soie.

Le garçon redressa la tête. Violaine lui souriait et ses yeux étaient embués de larmes.

– Tu es revenu et rien ne pouvait me rendre plus heureuse. Je portais en moi six siècles de culpabilité. J'ai l'impression que mon fardeau pèse moins lourd, désormais.

LE MANUSCRIT

Quentin prit le ruban fané. Il en monta un vague parfum de fruits et de fleurs qu'il huma avec avidité, comme si cette odeur lui permettait de retrouver des souvenirs effacés. Il le tourna et le retourna entre ses doigts.

– Et vous ? Comment se fait-il que vous soyez toujours vivante après plus d'un demi-millénaire ? Avez-vous découvert le secret de l'immortalité ?

Violaine rejeta ses cheveux en arrière d'un mouvement souple du cou.

– Non. Après la mort de Jacques, j'ai quitté Comberoumale pour Paris. Je suis allée vivre chez Eliphas ben Eliezer, comme mon maître me l'avait recommandé, et j'ai poursuivi mon apprentissage sous sa férule. Il est devenu mon second maître. C'était un homme profondément bon et sage ; il m'a appris tout ce qu'il savait. Le temps a passé. En dépit des années, je ne vieillissais presque pas. À trente-cinq ans, j'en paraissais moins de vingt et je devais user d'artifices pour que les gens ne s'en rendent pas compte. Quand je m'en suis ouverte à Eliphas, il m'a répondu :

– Voilà bien longtemps que je m'en suis rendu compte, Violaine. Pour une raison que j'ignore, le fait d'avoir été possédée par Azael t'a transformée. Aussi, bien que tu sois mortelle, des centaines d'années s'écouleront avant ta dernière heure. Pourquoi ? Je n'en sais rien. Est-ce une conséquence du passage de ce démon dans ton corps ? Une volonté de sa part ? Un jour, je pense, tu découvriras la solution de ce mystère. J'espère simplement qu'Azael ne t'a pas offert un cadeau empoisonné... Les démons sont retors et le temps n'est rien pour eux.

Après la mort de mon vieux maître, j'ai quitté Paris et j'ai mené une vie errante. J'étais avide de découvrir le monde, d'apprendre. Plus tard, je suis revenue sur les lieux de mon enfance. J'ai acheté une maison ici, à Comberoumale, afin de veiller sur la demeure qu'avait habitée Jacques. J'y suis restée quelques années mais la pierre semblait définitivement endormie. Je suis repartie à l'aventure, sans cesser de revenir, à intervalles réguliers. Peut-être te raconterai-je cela un jour, cela pourra t'intéresser...

– Sûrement !

Quentin sourit avec chaleur. Il reposait le ruban sur son coussin de soie crème quand une exclamation de surprise lui échappa. Le morceau de tissu avait repris une belle couleur brillante et le velours râpé semblait aussi neuf que s'il sortait d'une boutique.

Sans plus de façons, Violaine prit le colifichet qu'elle noua dans ses cheveux.

– Tu n'as décidément rien perdu de tes talents ! s'amusa-t-elle. Maintenant, si un danger me menace, je sais qui appeler ! Il me suffira de répéter trois fois ton prénom.

Quentin restait à la contempler, la bouche ouverte. Violaine se pencha et le secoua par l'épaule :

– Eh, m'entends-tu ou t'es-tu transformé en statue ?

– Ça va, répondit-il. J'ai l'impression de plonger dans un rêve. (Il montra le ruban.) Si vous croyez que c'est facile d'admettre ce qui m'arrive, d'accepter d'être une sorte de revenant ! Je ne sais plus très bien où j'en suis et il va me falloir un certain temps pour digérer ce que vous m'avez raconté. À propos, savez-vous ce que c'est ?

Il fouilla dans sa poche et remit à Violaine la bague qu'il avait trouvée sous l'écorce du vieux chêne. Pendant qu'elle l'examinait, il lui détailla les circonstances de sa découverte. Violaine caressa les pierres et la lui rendit en fronçant les sourcils.

– C'est très étrange. Les trois vieilles femmes que tu as vues ne peuvent être que les Passeuses.

– Les Passeuses ? s'étonna Quentin.

– Ce sont des créatures très puissantes. Elles savent ouvrir des brèches dans le temps et l'espace et n'interviennent que rarement dans les affaires humaines. Souvent, il faut mendier leur aide.

– Alors pourquoi me sont-elles apparues ?

– Je n'en sais rien. Quant à cette bague, jamais je ne l'ai vue au doigt de Jacques et je serais bien en peine de te dire ce qu'elle est et si elle possède de quelconques pouvoirs. Conserve-la précieusement, il faudra que nous cherchions dans ses livres s'il y fait allusion. Viens avec moi, maintenant, j'ai quelque chose à te rendre.

Violaine conduisit Quentin dans une pièce emplie d'un incroyable bric-à-brac. Elle était plongée dans la pénombre mais, sur la table, il distingua un long bâton qu'elle saisit et lui tendit. Il allait refermer sa main sur le bois blanc quand Violaine le mit en garde.

– Prudence, Quentin, ça pourrait être violent.

– Qu'est-ce qui pourrait être violent ?

La sorcière hocha la tête.

– Souviens-toi des paroles d'Eliphas. « Rends-lui son bâton et veille sur lui : le choc sera rude. » Une partie de ta mémoire risque de te revenir d'un coup. Alors concentre-toi avant de le prendre.

Quentin acquiesça puis empoigna le bâton. Sous le choc, il se tétanisa et partit à la renverse. Ce fut comme si un courant de plusieurs milliers de volts traversait son corps. Le bâton devint brûlant et de nouvelles ondes de souffrance le crucifièrent.

Le savoir de Jacques refit surface dans son esprit. Son savoir et ses souvenirs. Pendant une fraction de seconde, Quentin fut lui ! Puis, tout aussi rapidement, son être reprit le dessus et celui qui avait été Jacques s'effaça, comme une goutte de peinture se dilue dans un verre d'eau.

Violaine le retint et l'aida à s'asseoir dans un fauteuil. Il resta sans bouger jusqu'à ce que son souffle reprenne son rythme normal.

La douleur avait disparu et une sensation délicieuse l'engourdissait. Le bâton vibrait au creux de sa paume, dispensant force et chaleur dans ses membres. Quentin avait le sentiment de retrouver un objet qui lui avait manqué depuis toujours alors qu'il n'en avait jamais soupçonné l'existence.

Un instant plus tôt, il avait éprouvé la curieuse impression d'être entré par effraction dans la conscience d'un étranger, de lui avoir volé une partie de ses souvenirs et de sa personnalité. Pourtant, s'il cherchait maintenant à se couler dans la mémoire de Jacques, il n'en retrouvait que des fragments épars, frêles et vulnérables comme des empreintes de pas sur le sable. Qu'une vague les recouvre et elles s'effaceraient à tout jamais.

En revanche, son savoir de sorcier lui avait été restitué dans son intégralité.

Se levant avec précaution, Quentin agita son bâton. Quatre globules lumineux s'en échappèrent, gonflèrent comme des bulles de savon et flottèrent autour d'eux, dissipant l'obscurité. Désemparé, Quentin se tourna vers Violaine. Il se tenait voûté et l'on aurait dit qu'un poids trop lourd pour lui pesait sur ses épaules.

– Ça ne va pas...

– Qu'est-ce qui ne va pas ? s'étonna la sorcière.

D'un geste hésitant, il désigna les sphères suspendues au-dessus d'eux.

– Cette situation, ces souvenirs, ces pouvoirs extraordinaires. Un humain ne devrait pas en disposer. C'est dangereux... Si je le voulais, je pourrais imposer ma volonté à n'importe qui. Je pourrais faire ce que je veux, même le pire. Je pourrais, peut-être, redonner la vie à mon père.

– Mais le veux-tu ? l'interrogea Violaine. T'en sens-tu le droit ?

– Non...

La vieille femme sourit.

– N'imagine pas que tu es devenu omnipotent. La toute-puissance n'est qu'un rêve d'enfant. Si les hommes sont autant fascinés par les histoires de sorciers, c'est qu'elles les confortent dans leur espoir infantile de réaliser leurs désirs.

Avec douceur, elle repoussa une mèche qui tombait devant les yeux de Quentin.

– J'ai cru cela, moi aussi, poursuivit-elle. La première chose que Jacques a essayé de m'enseigner – et que je n'ai évidemment pas comprise –, c'est de ne pas me laisser aller à mes envies. Je n'ai pas toujours su m'en souvenir. Aussi étrange que cela te paraisse, la première règle de la sorcellerie est d'apprendre à ne pas se servir de la magie. Enfin, il faut que tu retiennes un détail primordial : tisser un sort suppose puiser dans son énergie vitale. Tu n'en disposes pas en quantité infinie. Celui qui s'en servirait dans un but trivial ou intéressé n'aurait plus de forces pour réaliser des actes importants.

Quentin n'était pas certain de bien saisir ce qu'elle entendait par ces mots. Que la magie fatigue celui qui la pratique, d'accord ! Il en avait fait l'expérience en déclenchant l'orage. Mais à quoi bon connaître ces sortilèges s'il ne les utilisait pas ?

– J'ai autre chose pour toi, c'est important.

Un parchemin était posé sur un guéridon. Violaine alla le chercher et le remit à Quentin.

– Mon maître Eliphas, qui était aussi ton ami, savait que tu reviendrais et me l'a laissé afin que je te le confie. Il m'a dit que tu pourrais le lire.

Le garçon le déroula. La page de vélin était vierge. Il leva un œil étonné vers la vieille femme.

– Je sais, dit-elle. Il est protégé par un sort que je n'ai jamais été capable de délier.

Quentin ouvrit la bouche pour répondre qu'il n'en était pas davantage capable quand il lui sembla entendre un murmure étouffé. Inquiet, il tourna la tête de tous côtés. À part Violaine et lui, personne ne se trouvait dans la pièce. Dressant l'oreille, il comprit que les sons provenaient du parchemin posé sur ses genoux.

Celui-ci s'enroula brusquement sur lui-même, emprisonnant sa main. Il voulut le retirer, mais le cylindre de peau était devenu aussi rigide qu'un tube de métal. Ce fut alors comme si des milliers d'aiguilles perçaient sa peau. À la douleur succéda une intolérable sensation de brûlure, si puissante, si réelle, qu'il crut sentir une odeur de chair calcinée. Puis, tout aussi soudainement, le parchemin se déroula. Il était couvert d'une écriture minuscule et élégante. Quentin reprit péniblement son souffle et demanda :

– Je vais souffrir comme ça souvent ?

– La magie se paie, répondit Violaine. Elle n'est pas un acte anodin et chaque sorcier qui la met en œuvre en conserve la trace dans sa chair. Eliphas a sans doute usé ses dernières forces à enchanter ce manuscrit afin que tu en sois le seul destinataire.

Le garçon contempla sa main. Elle ne portait ni traces de piqûres, ni cloques mais elle était encore engourdie par la douleur.

– Ce n'est pas comme ça que j'imaginais la vie d'un sorcier, murmura-t-il avant de commencer sa lecture à voix haute.

LE RÉCIT D'ELIPHAS

Les événements qui marquèrent le 7 et le 8 février 1457 sont parmi les plus funestes qu'il m'ait été donné de vivre. Bien des années ont passé, mais ils sont toujours aussi vifs dans ma mémoire. Il est cependant essentiel que je les consigne avec le plus grand soin car, un jour lointain, ils t'éclaireront, mon ami Jacques, sur les heures qui précédèrent ta mort et ils t'aideront à comprendre le mystère de ta renaissance.

Cette nuit-là, comme à mon habitude, j'avais veillé tard. Je venais à peine de m'endormir quand une voix me réveilla. J'ouvris les yeux. Sur le plancher de ma chambre, un triangle bleu luisait à l'intérieur duquel une pâle silhouette vacillait. C'était la tienne. Tes traits étaient décomposés. Tu murmuras :

– Eliphas, j'ai besoin de toi. Fais vite !

La forme de ton corps tremblota et disparut. Sans hésiter, j'enfilai ma houppelande, pris mon bâton et me plaçai dans la figure qui scintillait toujours au sol.

Dans l'instant, je me retrouvai dans ton laboratoire. Tu étais assis dans un fauteuil et tu paraissais endormi. Franchissant la distance qui me séparait de toi, je posai ma main sur ton front. Un cri d'effroi m'échappa. Tu ouvris les yeux.

– Eliphas ! Merci d'être venu si vite, balbutias-tu. Je n'ai pas besoin de te dire ce qui m'arrive... Tu l'as senti, n'est-ce pas ?

– Comment cette monstruosité a-t-elle pu se produire ? demandai-je, atterré.

Avant que tu aies le temps de me répondre, un nouvel homme apparut dans la pièce, presque simultanément suivi d'un second. Je les reconnus au premier coup d'œil, car nous nous étions rencontrés à plusieurs reprises. Devant moi se tenaient Gweltaz Braoudec, fils de Myrdhinn Braoudec, le vieux druide de petite Bretagne, et Abou al Walid, grand mage de Cordoue.

Je les interrogeai du regard. Tous deux avaient également perçu la présence qui t'infectait.

– Comment est-ce arrivé ? interrogea Abou.

Tu avais le regard brillant de fièvre et de grosses gouttes de sueur coulaient sur ton front. Tu nous montras le centre de la pièce, là où se trouvait la pierre gravée d'un visage ricanant.

– Je vous ai raconté l'histoire de cette abomination et vous savez pourquoi je la conserve ici. Malgré l'octogone de protection, Azael a réussi à envoûter Violaine. Elle a lancé un sort d'appel et l'a délivré de la pierre.

– C'est impossible ! gronda Gweltaz. Convoquer un démon de cette force n'est pas à la portée d'une...

– C'est ce que je croyais aussi ! t'exclamas-tu. Voilà la raison pour laquelle je m'étais absenté sans m'inquiéter. Mais cette jeune fille possède des dons exceptionnels.

Je ne savais quel crédit accorder à tes propos et mes deux compagnons te regardèrent d'un air dubitatif. Tu n'y prêtas aucune attention.

– Quoi qu'il en soit, Azael s'est emparé d'elle. Il allait s'enfuir et j'ai dû…

Un violent spasme te secoua et tu te recroquevillas sur ton siège. Quand tu relevas la tête, ton teint était livide.

– J'ai dû le faire venir en moi. Est-il possible de me sauver ou suis-je condamné ?

C'était à moi que tu t'étais adressé. Gweltaz et Abou m'avaient toujours manifesté le plus grand respect, sans doute en raison de mon âge. Ils attendaient que je prenne la parole. J'étais celui en qui tu avais le plus confiance, parce que notre amitié avait plus de vingt ans. Je secouai la tête.

– La seule solution, tu l'as déjà employée. Il faut maintenant que l'un de nous te libère de ce démon et le porte à son tour. Si tu le souhaites, je le…

– C'est hors de question ! m'interrompis-tu. Mon destin est donc scellé.

Gweltaz éleva la voix :

– Non. Cette histoire ne peut se terminer ainsi, Jacques. Même si tu meurs, la pierre de sang ne sera pas détruite. La statue du Seigneur des Mouches est cachée quelque part et Azael n'aura de cesse de la retrouver, s'il parvient à s'en échapper. Il faut que quelqu'un veille…

Tu acquiesças. Dans tes yeux, je lus que tu avais accepté ton destin.

– Et lequel d'entre vous trois veillera ? interrogeas-tu.

– Lequel d'entre nous quatre ! le corrigea Abou. D'ailleurs, la question ne se pose pas. Que tu le veuilles ou non, le veilleur, ce sera toi !

Tu écarquillas les yeux de surprise. Tu te savais perdu. Dans deux jours au plus tard, tu serais mort.

Le sorcier cordouan était un homme de savoir et j'avais compris quelle était son idée.

– Abou a raison, confirmai-je. Tu as emprisonné Azael en toi. À l'heure présente, il est toi ! Vous êtes désormais semblables aux deux faces d'une même médaille, et tout aussi indissociablement liés. Azael est l'ombre et toi, la lumière. Il existe pourtant un enchantement qui peut unir plus étroitement encore ton destin au sien. De la sorte, si jamais ce démon menace un jour notre monde, tu seras contraint de revenir pour t'opposer à lui. Sache cependant que tu ne seras plus le même. Tu seras un autre qui aura été toi. Tes pouvoirs, ton savoir, tu les posséderas toujours, mais pas ta personnalité. Jacques Guernière sera mort, toutefois quelque chose de lui survivra, envers et contre tout.

Tu nous dévisageas les uns après les autres. Dans tes yeux, je lisais l'hésitation et l'espoir.

– Je connais l'enchantement auquel tu fais allusion, Eliphas, lâchas-tu enfin. On le nomme le sort d'éternité. Un sorcier ne peut le tisser seul, tant il demande de puissance. Il est si dangereux qu'il peut mettre vos vies en danger : la mort ne renonce pas si facilement à ceux qui lui sont promis. Et puis… vous ne pouvez avoir la certitude de réussir.

– J'en prends le risque, répondis-je. C'est un pari que nous devons tenter, coûte que coûte ! Qu'en pensent nos amis ?

Abou et Gweltaz hochèrent la tête en signe d'assentiment. Tu compris que notre décision était irrévocable et me pris la main.

– J'ai une dernière requête à te soumettre, Eliphas. Après ma mort, Violaine restera seule. Elle n'a ni famille ni amis. Acceptes-tu de la recueillir chez toi et d'en faire ton élève ? Elle a commis une grave erreur mais je sais sa valeur. Tu n'auras pas à le regretter.

– Il en sera fait comme tu le souhaites, mon ami, et cette enfant trouvera en moi un père.

Pour la première fois depuis que nous étions avec toi, tu souris et il me sembla que tu étais heureux.

Après t'avoir serré sur notre cœur, nous t'abandonnâmes et nous nous rendîmes chez moi afin de mettre au point le haut sort. Nous patientâmes ensuite jusqu'à l'heure de ton exécution, sachant qu'elle ne tarderait pas, car tu nous avais avertis que tu te servirais de tes pouvoirs pour hâter la décision des juges.

Je serai très bref sur les événements qui suivirent. Notre entreprise fut couronnée de succès, mais à quel prix ! Nous parvînmes à tisser le sort d'éternité. Gweltaz et Abou y laissèrent leur vie et Azael regagna la pierre. Quant à toi, comme tu l'espérais, tu fus réduit en cendres.

À l'heure où je trace ces mots, ton esprit attend, quelque part dans l'inachevé, que le démon menace. Alors tu retrouveras un corps et tu te dresseras devant lui.

J'en ai terminé de mon récit. Je suis vieux et, bientôt, je connaîtrai le repos. Ce manuscrit, je le confierai à Violaine après l'avoir enchanté. Toi seul, Jacques, seras en mesure de le lire. Ce sera une épreuve de plus à affronter car c'est en toi, mon ami, que ce parchemin puisera la magie qui permettra à mes mots d'apparaître.

Si aujourd'hui tu les découvres, c'est que hélas Azael est de retour ou sur le point de revenir. Arme-toi de courage, car ce démon fera tout pour ouvrir la porte à son maître.

Que mes vœux t'accompagnent.

Ton ami, Eliphas

LE PACTE

Quentin enroula le parchemin et se perdit dans ses pensées. Quand il releva les yeux, il surprit le regard de Violaine posé sur lui.

– C'est un lourd fardeau que tu portes sur les épaules, Quentin. Si tu es revenu, c'est que celui qui est prisonnier de la pierre a retrouvé ses forces. Pourtant, personne ne l'a abreuvé depuis des siècles. Quoi qu'il en soit, Azael est parvenu à vous attirer dans le laboratoire, comme il y a sûrement entraîné M. Leplessis avant vous. Sans doute est-ce ce dernier qui a ménagé l'ouverture que vous avez découverte dans la cave. Qui sait même si sa mort n'est pas liée à cette découverte ?

Sa voix trahissait son inquiétude quand elle ajouta :

– Ton frère en se blessant a laissé tomber du sang sur la pierre. Voilà ce qui m'inquiète au plus haut point. Ces quelques gouttes ont peut-être suffi au démon pour exercer son influence sur lui.

– Tu penses que c'est possible ? interrogea Quentin.

Il avait abandonné le vouvoiement sans même s'en rendre compte.

– Pour être sincère, je n'en sais rien, reconnut Violaine. Mais je le redoute. As-tu remarqué un comportement inhabituel de sa part, ces dernières vingt-quatre heures ?

– Nicolas est plutôt du genre taciturne, répondit Quentin. Il passe beaucoup de temps seul. Quoique, à bien y réfléchir, je l'aie trouvé encore plus sur les nerfs que d'ordinaire, ces derniers jours. J'ai oublié de t'en parler : il a refusé que maman change son pansement et il s'est énervé quand elle lui a interdit de descendre dans la cave.

Violaine ne put retenir une grimace de contrariété.

– Tout cela ne me dit rien qui vaille, Quentin. En ce qui me concerne, il m'est impossible de m'approcher de la pierre, nous nous repoussons comme les mêmes pôles de deux aimants et mes tentatives pour voir ce qui se passe dans la maison des Leplessis ont toutes échoué. En revanche, toi, tu le peux. Rentre chez toi et surveille ton frère. Le cas échéant, empêche-le de pénétrer dans le laboratoire. Il n'est pas sorcier et ne peut connaître les sorts d'appel qui permettraient à Azael de s'échapper.

– Est-il utile que je descende à la cave en rentrant ?

– Dans l'immédiat, je n'en vois pas l'intérêt. Tu risquerais d'attirer l'attention de ta mère ou de ton frère. Vas-y cette nuit, quand tout le monde dormira, et vérifie si la figure de protection est toujours active. Demain, nous aviserons.

Elle se tut et tendit sa main à Quentin qui la saisit.

– Maintenant, dit-elle, nous faisons équipe. Pour le meilleur et pour le pire !

Il était troublé par le contact de cette petite main tiède et sèche qu'elle laissait dans la sienne. Quelle drôle d'expression avait-elle employée ? *Pour le meilleur et pour le pire.* On aurait dit le serment que l'on prononce pour un mariage…

Elle me drague ou quoi ? pensa Quentin en rougissant. Au même instant il se souvint qu'aussi extravagant que cela puisse paraître, cette femme avait profondément aimé un homme qui avait été lui au XVe siècle.

Mine de rien, ça tissait des liens !

LE ROYAUME DE BAALZÉBUTH

Nicolas éteignit son ordinateur portable. Son idée était excellente mais nécessiterait du temps pour sa mise en œuvre. Et beaucoup d'ingéniosité. Cette fois, il devrait se surpasser ! Celui-qui-veille serait content de lui.

Il gagna la fenêtre et écarta les rideaux. Le ciel était redevenu pur et bleu. L'orage violent qui l'avait contraint à éteindre son ordinateur et à interrompre ses recherches, deux heures plus tôt, n'était qu'un lointain souvenir. Guidé par la voix familière qui l'accompagnait désormais, il se rendit dans la bibliothèque octogonale. Il était certain de la trouver vide car il avait entendu Quentin la quitter juste avant que l'orage se déclenche. Il monta sur l'échelle et attrapa, tout en haut de l'étagère centrale, un lourd volume recouvert de cuir noir. Un J et un G entrelacés avaient été imprimés au fer sur le dos.

À l'intérieur, glissée entre les pages, se trouvait une feuille de parchemin couverte de signes étranges. Nicolas reconnut des runes et les déchiffra avec aisance, nullement étonné d'une telle prouesse.

Retournant dans sa chambre, il dissimula le manuscrit sous son matelas et descendit au rez-de-chaussée. Pas un bruit ne troublait le silence. Surpris, il constata que sa mère dormait toujours sur le canapé.

Un sommeil si pesant était-il naturel ou bien son maître exerçait-il sa volonté sur les habitants de cette maison ? Nicolas opta pour la seconde solution et lui adressa une prière muette. Une rapide vérification lui permit de constater que Quentin ne se trouvait pas au rez-de-chaussée. Tout allait pour le mieux ! Traversant le vestibule, il sortit dans le jardin. Là, il se planta au milieu de l'espace gravillonné et attendit. Presque immédiatement, une tête triangulaire apparut entre les herbes folles et deux yeux verts se tournèrent dans sa direction, comme aimantés par sa présence. Le garçon s'accroupit. En trois bonds, le chat le rejoignit et se frotta contre sa jambe en ronronnant.

Nicolas le caressa. Sans doute cet animal faisait-il partie de ceux qui, à l'insu de tous, nourrissaient la pierre. Si Celui-qui-veille ne pouvait agir à sa guise sur l'esprit des humains – à moins que, comme lui, ils aient fait don de leur propre sang –, l'esprit des bêtes lui était en revanche accessible. Ainsi, goutte à goutte, depuis près de six cents ans, la pierre s'était-elle nourrie du sang des petits rongeurs que les chats des maisons avoisinantes venaient dévorer sur sa surface spongieuse.

Aujourd'hui, elle était comme un fruit mûr sur le point d'éclater et de répandre sa semence sur une terre fertile. Elle n'avait besoin que du minuscule coup de pouce que lui, Nicolas, allait lui donner.

Le garçon souleva le félin qui miaula et lui lécha la main de sa langue râpeuse.

Nicolas se tenait près de la pierre qui absorbait le sang à toute allure. Le chat ne s'était pas débattu, comme s'il acceptait son destin avec sérénité. Pour la première fois, Celui-qui-veille apparut dans son esprit avec une netteté particulière. Son visage était identique à la face sculptée sur la pierre. Quelque chose dans son maintien lui rappelait son père et Nicolas sentit les battements de son cœur s'accélérer. Les yeux du démon brasillaient quand il déclara :

– Les temps sont proches, Nicolas. Nous savons maintenant où chercher la statue de mon maître. Es-tu toujours disposé à me libérer ?

Sa voix était d'une douceur envoûtante.

– De toute mon âme, Azael. Vous faudra-t-il encore de nombreuses victimes pour échapper à la pierre ?

Celui-qui-veille secoua la tête.

– Non. Une seule suffira, à la condition qu'elle ne soit plus animale mais humaine. Il faudra également que tu lises à voix haute le sort d'appel que tu es allé chercher dans la bibliothèque octogonale.

Inclinant le buste, Nicolas répondit :

– Il sera fait comme vous le souhaitez, Azael. Cette nuit, je reviendrai en compagnie d'un humain et je vous offrirai son sang.

Un large sourire s'épanouit sur le visage du démon.

– Es-tu disposé au don total de toi ? Es-tu disposé à me céder ton corps afin qu'il soit le réceptacle de mon esprit ? Es-tu disposé à guider mon Seigneur vers cette terre afin qu'il s'incarne et que son royaume advienne ?

– Je le suis, maître. J'ai même trouvé comment amener des milliers et des milliers d'adeptes dévoués à écrire son nom, partout et en tous lieux, et cela, sans le moindre effort et sans même qu'ils le soupçonnent...

Azael éclata d'un rire sardonique.

– Je le sais déjà. Ta conscience m'est ouverte comme un livre et je suis émerveillé par la malice et l'ingéniosité que tu manifestes. Nous allons faire de grandes choses ensemble, mon garçon. Mais avant, il nous faudra découvrir où Mesh et ses comparses ont caché le corps divin de mon Maître.

Nicolas sentit son cœur s'emballer de nouveau. Une chaleur soudaine emplit sa poitrine. L'intonation du démon était si chaude, si paternelle.

– C'est mon vœu le plus cher.

Levant la main, Azael lui adressa un signe et disparut.

ÉPILOGUE

Le silence était total. Aux pieds de Nicolas, la pierre rutilait, comme animée d'un feu intérieur. Le visage stylisé s'en détachait avec franchise. Tout autour, les dalles sur lesquelles, la veille encore, apparaissaient des figures sculptées, étaient aussi lisses que si on les avait minutieusement poncées. La figure de protection tracée voilà des siècles avait cessé d'agir. Plus rien ne retiendrait Azael dès lors que Nicolas lui ferait l'offrande qu'il réclamait et prononcerait les mots adéquats.

Le sang de qui verserait-il sur la pierre ? Il lui suffirait d'errer au hasard des rues pour trouver une victime. Azael l'aiderait, Azael le guiderait.

Nicolas contempla le couteau que Jeanne lui avait offert. Il fit jouer la lumière sur la lame et sourit, animé par une joie démoniaque. Il savait qui aurait l'honneur de donner sa vie pour qu'Azael soit libéré de sa prison. Ensemble, ils ouvriraient la porte à son Seigneur et maître ! Les temps étaient proches...

Et le royaume de Baalzébuth !

TABLE DES MATIÈRES

Les Revenants

Une tétralogie fantastique de Jean Molla

Tome 1

LE SORT D'ÉTERNITÉ

Tome 2

LA TENTATION DE L'OMBRE

à paraître en mars 2007

L'AUTEUR

Jean Molla est né à Oujda, au Maroc, en 1958. Il a d'abord fait le désespoir de ses parents en se livrant à diverses activités saugrenues (apiculteur, professeur de guitare classique, guide de musée).
Aujourd'hui, il habite Poitiers et partage équitablement son temps entre sa famille, ses activités de professeur de français, la lecture, la musique, les amis et, quand il lui reste un peu de temps, l'écriture.
Il aime particulièrement les ambiances noires et écrire des romans aux personnages forts, comme *Coupable idéal* pour Rageot, *Djamila*, *Sobibor* ou *Que Justice soit faite* pour Gallimard et Grasset Jeunesse.

L'ILLUSTRATEUR

Originaire de Provence, **Vincent Dutrait** a étudié l'illustration à l'école Émile-Cohl de Lyon avant de travailler pour la presse et de collaborer à de nombreux livres jeunesse pour des éditeurs français et étrangers. Parallèlement, il a enseigné l'art de la bande dessinée à l'école Émile-Cohl pendant quatre ans.
Influencé par les œuvres des peintres américains du début du siècle dernier, cet amateur de pêche et de musique est fasciné par la littérature fantastique, le cinéma, les voyages. Il vit à Séoul, en Corée du Sud, avec son épouse et leur fille. La découverte de ce pays l'inspire et nourrit son imaginaire...

Impression réalisée sur CAMERON par

BRODARD & TAUPIN

GROUPE CPI

La Flèche

pour le compte des Éditions Rageot
en décembre 2006

Imprimé en France
Dépôt légal : janvier 2007
N° d'impression : 38800
N° d'édition : 4466